JN072967

奥平亜美衣
Amy Okudaira

アインソフの物語

宇宙と自分の秘密を解き明かす、
始まりも終わりもない永遠の愛の旅

A STORY OF AIN SOPH

An eternal journey of love which has no beginning
and end to uncover the secrets of universe and myself

過去、現在、未来に無限に存在するすべての私の分身たち、世界の本当の姿と自分についての真実を求めるすべての人々に捧ぐ

僕はアインソフ。
マルクト国のイェソド地方というところに、父さんと母さんと一緒に暮らしている。
父さんの名前はホド、母さんの名前はネツアク。
ここではみんな、ダアトという神を信じていて、王様の名前はケテルっていうんだ。

僕の国は、世界地図ではちょうど真ん中くらいにあって、葉っぱみたいな形をしている。

僕の住んでいる星の名前は、タヴという。

この星には、僕の国以外にも、ペー、ツアディー、コフ、レーシュ、シンという名前の5つの国があるんだけど、僕はまだそのどれにも行ったことがない。

世界は広いみたいだ。

父さんと母さんは、若い時に一度、隣の国のレーシュに旅行したことがあるんだって。
でも、言葉も食べ物も違って、大変だったからもう行かないって言ってた。

僕は、大人になったら、この星にある国全部に行ってみようって決めている。
だって、ここは、僕の本当の居場所じゃないような気がするから。
どうしてかはわからないけど、ただ、そんな気がするんだ。
そして、いろんな国を見てみたいという気持ちが僕には抑えられそうにない。
本当は世界だけじゃなくて、宇宙の果てまでも、僕は行ってみたいんだ。
そこに何があるのか、知りたかったから。
どうやってこの宇宙は始まったのか、知りたかったから。

その宇宙に終わりはあるの？
その宇宙の中で、僕という存在はどうやって生まれたの？
なんのために生きているの？
僕たちはどこから来てどこへ行くの？

みんなみんな、知りたかった。
僕は、僕自身を知りたかった。

今日は日曜日。

晴れていて、まだ寒いけど少しだけ春を感じるような気持ちのいい日だ。

毎週日曜日には、父さんと母さんは、僕をエクレシアという街の集会所に連れていく。

そこは、ストラという国の聖典についての話を聞くところで、みんな、それを聞きに毎週日曜日に集まるんだ。

ストラには、神様がこの宇宙をつくった話が書かれているらしいんだけど、僕はまだちゃんと読んだことはない。

ストラはとっても難しいから。

集会所でストラについて教えてくれる人は、セバタルと呼ばれていて、街のみんなから尊敬されていた。

僕は、神様っていったいなんなのかわからなかったし、セバタルさんはいつもいかめしい顔をしてよくわからない話をしているので、あまり行きたくなかったけど、行かないと父さんは怒るし、母さんは悲しむので、仕方ないので行ってたんだ。

僕だって、宇宙がどうやって始まったのか知りたかったけれど、大人たちは誰も、何回集会所に行って何回ストラの話を聞いたとしても、その答えはわかっていないんじゃないかって僕は思ってる。

だって父さんも母さんも学校の先生も、誰も僕に宇宙の始まりの秘密を教えてくれないんだもの。

今日もまたつまらない話だろうと思っていたけど、その日はいつもと違う若くてかっこいいセバタルさんが、みんなの前で話をしていた。

髪が長くて、鼻筋が通ってて、白い学生服みたいな詰襟の服がきまっていた。

それは、こんな話だった。

「わたしは父にお願いします。

そうすれば、父はもうひとりの助け主をあなたがたにお与えになります。

その助け主がいつまでもあなたがたとともにいるでしょう」

「わたしは去って行きますが、それはあなたにとって善きことになるでしょう。

もしわたしが去って行かなければ、助け主があなたがたのところに来ないからです。

しかし、もし行けば、わたしは助け主をあなたがたのところに遣わすでしょう」

「父がお遣わしになる助け主は、世界の本当の姿を解き明かし、あなたがたにすべてのことを教え、また、わたしがあなたがたに話したすべてのことを思い起こさせてくださるでしょう」

「助け主は、初めから最後までわたしとあなたと一緒にいます」


そんな話だった。

どういう意味なのかちゃんと理解はできなかったけれど、いつもは、右の耳から入って左の耳から出ていってしまう話なのに、この日はちょっとは記憶に残った。

僕はこのセバタルさんがなんだかとても気になった。

懐かしいような思いがしたんだ。

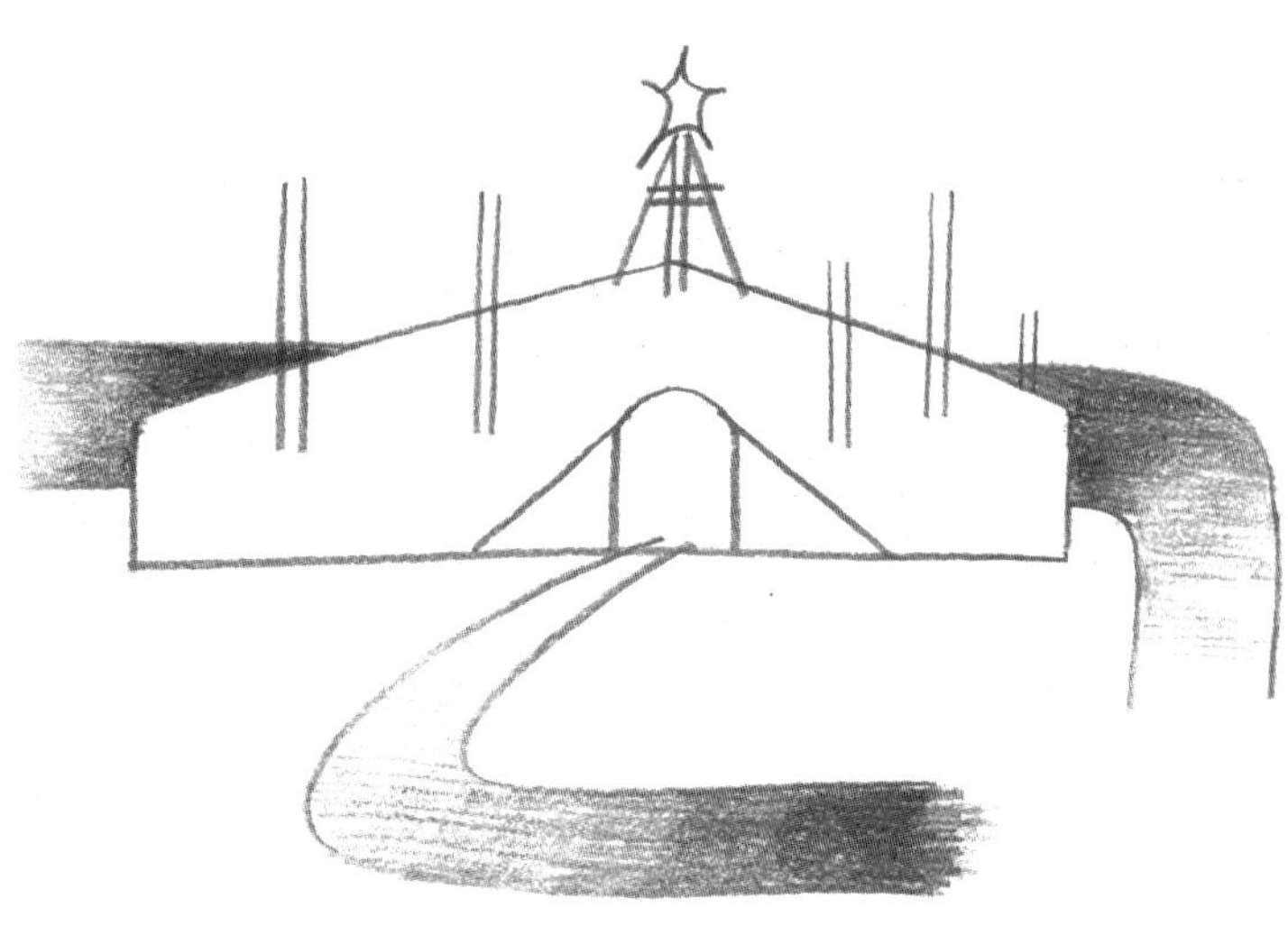

特に、この声はどこかで聞いたことがある、とはっきりそう感じたんだけど、どこでいつ聞いたのか、いくら考えても思い出せなかった。

いつもはそんなことしないんだけど、その日僕は集会所で、神様ダアトに、

「僕の願いを叶えてください。

僕の質問の答えを教えてください。

僕の居場所を教えてください」

って願った。

次の日、学校から帰ってきた僕に、母さんが言った。

「アインソフ、これを、ギーメルおばさんのところへ持っていっておくれ。たくさん焼いたからね」

そう言って、母さんは僕にパンとチーズケーキを渡した。

ギーメルおばさんは、母さんの妹だ。

うちから歩いて15分くらいの、昨日行った集会所の少し先にある小さいけど可愛らしい家に、ひとりで住んでいる。

昔は結婚してたんだけど、旦那さんが早くに亡くなってからはずっとひとりで暮らしている。

「私はひとりの方が気楽でいいんだ」っていつも言っていて、おばさんはいつも本当に楽しそうだ。

おばさんはガーデニングが大好きで、国のガーデニング大会で賞をとったこともあるほどなんだ。

僕は、その庭を眺めるのも、おばさんに会うのも大好きだった。


おばさんは、パンとチーズケーキの代わりに、僕にチョコレートをくれた。

オレンジといちごといちじくとナッツが練り込んであるチョコレートで、おばさんは、このチョコレートを作って売って生計をたてている。

おばさんがチョコレートを作ると、チョコレートに魔法がかかるみたいで、たくさんの人が欲しがった。

でもおばさんは、いい材料が手に入った時にしか作らないから、そのチョコレート

はあったりなかったりしたんだけど、おばさんが作った時は、いつも飛ぶように売れていた。

このあたりではちょっと有名なおばさんなんだ。

僕はおばさんの作るチョコレートも大好きだったから、うれしくて、「ありがとう」と言っておばさんの家を後にした。

おばさんの家からの帰り道、集会所の前を通り過ぎようとした時、建物の扉のところに、昨日のセバタルさんがいた。

背が高くて目立つので、遠くからでも一目でわかった。

今日は青い服を着ていた。

「こんにちは！　セバタルさん」

「こんにちは！　君は、この街の子どもかい？」

「うん、僕はアインソフって言うんだ。

セバタルさんはなんて名前なの？」

「私はコクマーという名前だよ。

君が……アインソフか」

コクマーは驚いたような顔をしましたが、アインソフにはなぜなのかはわかりませんでした。

「アインソフ、はじめまして」

「はじめましてじゃないよ、僕昨日、集会所で、セバタルさんの話を聞いたんだから」

「そうだったのか。

僕は、隣の国レーシュから、この街に越してきたばかりなんだよ」

「へえ、セバタルさん、レーシュの人なんだね。

でも、マルクト語がとても上手ですね」

「勉強したからね。

ずっと前から、自分は国を出てマルクトへ来る運命だってわかってたから。

それと、レーシュ語とマルクト語は、少し似てるから」

「僕は、この国からまだ出たことがないんだ。

でも僕も、いつかこの国を出てみたいと思ってるんだ。

なんだか、ここだけとは別に、僕の居場所があるような気がしているから」

「そうかい、それはいいね。

やってみたいことがあるなら、なんでもやってみるべきだ。

でも、もしかしたら、この星の上には、君の探している場所はないかもしれないな……」


やっぱり、この人の声はどこかで聞いたことのある声だった。

知らない人なんだけど、知っている人。

そして、僕と同じ感覚を持っている人のような気がした。

僕は思いきって聞いてみた。

この人なら答えを教えてくれるかもしれないと思ったから。

「セバタルさん、聞いてもいい？」

「なんだい？　アインソフ。

それと、僕のことは、コクマーと呼んでくれていいよ」

「コクマーさん、僕、知りたいことがあるんだ」

「なんだい？　アインソフ」

「僕はどこから来たの？
そしてどこへ行くの？
死んだらどうなるの？
なんのために生きているの？
僕のいるこの宇宙はいつ始まったの？
誰がどうやってつくったの？
終わりはあるの？
自分っていったいなんなの？」

アインソフの言葉は、一気に出てきました。
「小さい時からずっと、知りたかったんだ。
僕は全部、知りたいんだ。
コクマーさん、その答えを知っている？」
僕は、父さんにも母さんにも先生にも、この質問をしたことがある。
だって、小さい時から、ずっと知りたかったことだから。

でも誰も、その答えを教えてくれたことはなかった。
それでも何回も聞いてたら、そんなこと言ってないで勉強しなさい、と言われて終わってしまったんだ。

コクマーはこう言いました。
「なぜ、生きている意味を知りたいの？
なぜ、宇宙の始まりを知りたいの？
なぜ、自分とは何かを知りたいの？」
アインソフは答えました。
「知らないといけない気がするから」
コクマーは言いました。
「君は、とてもいい感覚を持っているね。
そうさ、それを知るために、それだけのために僕たちは生きているんだから」
コクマーは、ちょっと考えてからこう答えました。
「君に、神ダアトからの言葉を伝えよう。

この街にいるだけでは君の質問の答えはいつまでたってもわからない。

ここを出て、出会う100人の人にその質問の答えを聞くといいだろう。

ただし、出会う人すべての願い事を、それぞれひとつ叶えてあげなさい」

アインソフは面白そうだと思いましたが、自分にそんなことができるのかな？　と少し不安でした。

「でも、どうやって？」

「100人の願いを叶えるために、君にどんな願いでも叶えられる力を授けよう。

でも、この力は、自分以外の人にしか使えないよ」

コクマーはさらに付け加えました。

「その旅の途中、愛とは何かを考えるんだ。
そして、愛とは何かを見つけるんだ。
そうしたら、君の探している質問の答えが手に入るよ。
そして君の居場所もわかるだろう」

「わかりました！
それで生きている意味がわかるのなら。
自分とは何かがわかるのなら。
宇宙のはじまりの秘密がわかるのなら。
そして自分の居場所が見つかるのなら。
コクマーさん、ありがとう」

3

アインソフは、身体に力がみなぎっているのを感じました。探していたものへとようやく一歩踏み出せたと思いました。

そして、アインソフは旅に出ることにしました。

父さんと母さんは寂しがるかもしれないけど、そんなことは気にしてはいられませんでした。

だって、僕は僕を知るために生まれてきたんだから。

アインソフが嬉々として出かけると、家から出た最初の曲がり角で、うずくまっているやせ細った男に出会いました。

早速、1人目に出会った。

よし、この人の願いを叶えて、答えを聞いてみよう。
そう思い、男に声をかけました。
「どうされましたか？
僕の名前はアインソフ。
あなたに今、願い事があるのならそれを叶えますよ。
その代わり、僕の質問の答えを知っていたら教えてくださいね」
やせ細った男は言いました。
「優しいアインソフ。
お腹が空いて立ち上がれないのだよ。
何か食べ物をくれるかい？」
アインソフは、自分が持っていたおばさんにもらったチョコレートを分けてあげま

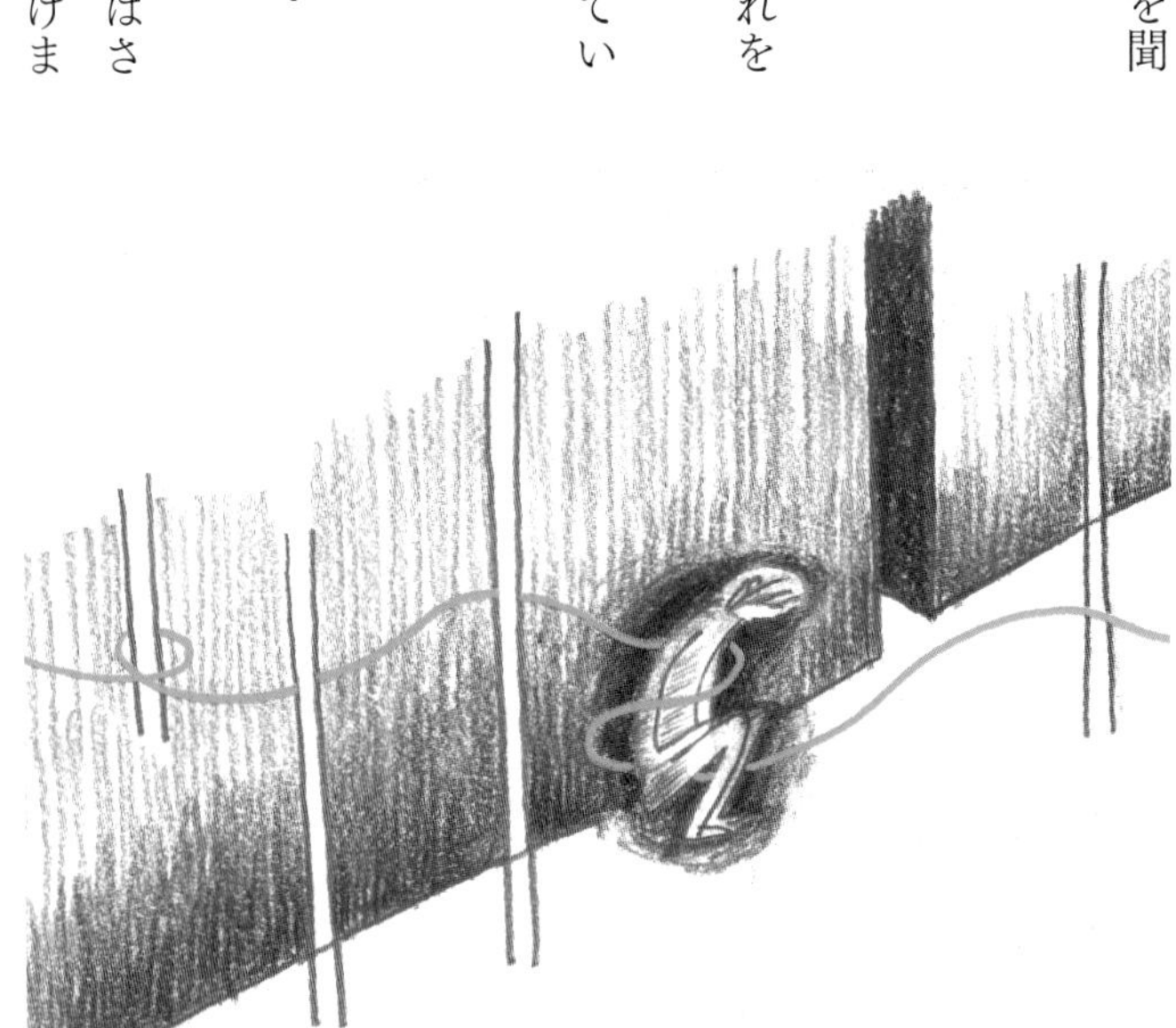

した。

この時はまだ、コクマーにもらった力を使う必要はありませんでした。

「これをどうぞ」

「アインソフ、ありがとう。

ところで君の質問ってなんだい？」

「僕たちはなんのために生まれてきたか知っていますか？」

やせ細った男は答えました。

「悪いがその答えはわからないよ。

優しいアインソフ。

答えが見つかるように祈っているよ」

アインソフはがっかりしましたが、

「まだまだ1人目、次々聞いていくぞ！」

と気持ちを立て直しました。

そうしてアインソフはやせ細った男と別れ、歩き出しました。

もう少し歩くと庭で牛の乳搾りをしている女に出会いました。
「こんにちは、僕はアインソフ。
何か困っていませんか？
あなたが今、願いがあるなら叶えますよ。
その代わり、僕の質問の答えを知っていたら教えてくださいね」
女は言いました。
「ありがとう、頼もしいアインソフ。
乳搾りをしなくてはいけないのだけれど、今日は疲れてしまったの。
助けてもらえるかしら？」
アインソフは答えました。
「お安い御用です。
今日の分の乳搾り、僕が代わりにやりましょう」
そう言ってあっという間に乳搾りを終わらせました。
この時もまだ、コクマーからもらった力を使う必要はありませんでした。
そして、アインソフは女に聞きました。

「あなたは、どうして宇宙が始まったか知っていますか？」

「頼もしいアインソフ。

ごめんなさい、私にはわからないわ。

でも、あなたの質問の答えが見つかるように神ダアトにお願いしておくわ」

アインソフは、がっかりしましたが、まだまだ2人目だからと思い、また歩き出しました。


3人目。

公園のベンチに座っている体格のいい男に出会いました。

その日は、曇った寒い日でした。

その男は、途方に暮れたような顔をしていました。

「僕はアインソフ。

困っているなら助けますよ。

その代わり、僕の質問の答えを知っていたら教えてもらえますか？」

すると、その体格の良い男は言いました。

「仕事を失ってしまってお金がないんだ。

お金をくれないか？」

アインソフはお金を少ししか持っていなかったので、コクマーにもらったなんでも願いを叶えられる力を使って、男にお金をあげました。

「アインソフよ、ありがとう。

これで、家族に食べ物を買えるよ。

ところで質問ってなんだい？」

アインソフは言いました。

「あなたは、僕たちはどこから来てどこへ行くのか知っていますか？」

男は答えました。

「寛大なアインソフよ。

俺には君の質問の答えはわからないが、きっと答えが見つかる日が来るさ」

アインソフは思いました。

「まだまだ3人目。

コクマーさんは100人の願いを叶えると見つかると言っていた。

頑張ろう」

４人目。

アインソフが、パン屋さんでその日の食べものを買っていた時、恋人が欲しいという男に出会いました。

「僕はずっとひとりで寂しいんだ。

恋人がいたら、どんなに素敵な毎日になるだろう」

アインソフは、なんでも叶えられる力を使って、明日美術館へ行けば、あなたの恋人に出会えるよ、と教えてあげました。

アインソフは聞きました。

「あなたは、自分とはなんなのか知っていますか？」

「愛情深いアインソフ。

それは難しい質問だ。

申し訳ないけど、それはわからないよ。

でも、君の質問の答えが見つかるように応援しているよ」

５人目。

アインソフは、時計屋さんのショーウィンドウを眺めていました。

その時、隣で、

「こんな時計を身につけられるような、立派な人になりたいなあ」

とつぶやいている男に出会いました。

「僕はアインソフ。

その願い叶えてあげましょうか？

その代わり、僕の質問の答えを知っていたら、教えてくださいね」

アインソフは、なんでも叶えられる力を使って、明日公園へ行って演説すれば、尊敬される人物になれるということを男に教えてあげました。

アインソフは、男に聞きました。

「この宇宙は誰がどうやって創ったのかわかりますか？」

「申し訳ないね、優秀なアインソフよ。

その答えはわからないよ。

でもいつか、その答えがわかるように願っているよ」

アインソフは、次に向かって歩き出しました。


６人目。

アインソフが井戸で水を汲んでいると、美しい服が欲しいという女に出会いました。

明日、友人との集まりがあるのだけれど、それに着ていく服がないというのです。

「友達はみんな素敵な服を持っていてうらやましいわ」

アインソフは、なんでも叶えられる力を使って、美しい服を調達し、その願いを叶えてあげました。

それから、アインソフは女に聞きました。

「僕たちのいるこの宇宙に終わりはあるのか、わかりますか？」

「心の広いアインソフ。

本当にごめんなさい。

私にはその答えはわからないわ。

でもきっと見つかると信じているわ」

7人目と8人目。

道端で男ふたりがなにやら揉めていました。

アインソフは声をかけました。

「どうしましたか？

僕はアインソフ。

何か困っているのなら話を聞きますよ」

揉めている二人は答えました。

「この男が、おかしなことを言うので怒っているのだ」

「いやいや、この男が強欲で困っているのだ」

アインソフは考えました。

コクマーは、出会ったすべての人の願いを叶えるように言った。

この二人の両方の願いを叶えるにはどうしたらいいのだろう？
アインソフは考えてこう言いました。
「ふたりとも間違っていないよ。
ただ、お互い違う考え方があるだけなのだとは考えられない？」
ふたりは言いました。
「おお！　公平なアインソフ。
そんな考え方があったなんて。
とても気持ちがすっきりしたよ、ありがとう」
ふたりが仲直りするのを見届けてからアインソフは聞きました。
「よかったね。
ふたりに聞きたいのだけど」
「なんだい？」
「僕はどこから来たの？
そしてどこへ行くの？
死んだらどうなるの？

なんのために生きているの？
僕たちのいるこの宇宙はいつ始まったの？
誰がどうやって創ったの？
終わりはあるの？
自分っていったいなんなの？」
ふたりは顔を見合わせて考え込んでしまいました。
「わからないな……そんなことは考えたこともなかったよ。
だけど、君の質問の答えが見つかるように、僕たちも考えてみるよ」
またしても、答えをもらえませんでした。

まだ7人目と8人目だからな！
もっとたくさんの人に聞けばきっと見つかるさ。
アインソフはまた、歩き始めました。

そうしてアインソフは87人の願いを叶えていきましたが、誰ひとりとして、アインソフの質問の答えを知っている人はいませんでした。

87人の願いはみんな、食べ物かお金か恋人か、それから、有名になりたいとかラクしたいとか、誰かがうらやましいとか、怒っているとか、そんなことばかりで、似たり寄ったりでした。

大人たちは、何かを得ることや幸せになることに一生懸命だ。

だけど、誰も満足そうな人も幸せそうな人もいない。

それに、大人たちは大事なことを見落としているんじゃないか。

だって、誰も僕の質問の答えを知らないんだもの。

アインソフはそう思いました。

87人の願いを叶えるうちに季節は何度も移り変わり、アインソフは立派な青年に成長していました。

4

88番目に出会ったのは、一番最初に出会った男でした。

あの時チョコレートをあげた痩せ細った男は、今はぶくぶくと太っていました。

聞くと、アインソフに食べ物をもらってから、次々と彼の願いを叶えてくれる人が現れて、どんどん太っていったというのです。

男は言いました。

「ご馳走を食べたいんだ」

アインソフは、コクマーに言われたことを果たすため、仕方なくご馳走を用意しました。

でもアインソフは、この男の願いを叶えてあげることがいいことなのか、わからなくなっていました。

そして、こう言いました。

「それは本当の願いなの？
本当にそんなに太ってまで食べたいの？
このまま食べ続けたら病気になっちゃうよ」
男は答えました。
「だって、食べたいんだから仕方ないだろ？
今がよければそれでいいんだ」
アインソフは、それ以上、何も言う気は起こりませんでした。
とはいえ、質問は聞かなければいけません。
アインソフは、男に聞きました。
「僕たちはなんのために生きているのか、知っていますか？」

「そりゃ、食べるためじゃないのかい？　明日のご飯が何より大事だろう」

男はやはり、アインソフの質問の答えを知らなかったので、アインソフはその場を立ち去りました。


89人目は、2人目に会った女でした。

「何もしたくないいんだけど、全部家事をやってもらえるかしら？」

アインソフは、コクマーに言われたことを果たすため、仕方なく家事を全部やってあげました。

でも、アインソフは、この女の願いを叶えてあげることがいいことなのか、わからなくなっていました。

アインソフは言いました。

「それは本当の願いなの？　一日中、何もしないでいて、それは楽しいの？」

女は答えました。

「だって何もしたくないんだもの、何がいけないの？」

アインソフは、それ以上、何も言う気は起きなかったので、質問の答えを聞いてみました。

「僕たちは当たり前のようにこの宇宙に住んでいますが、この宇宙がいつ始まったのかわかりますか？」

「そんなことをわかるわけないじゃないの」

そしてやはり、今回もこの女はアインソフの質問の答えを知りませんでした。

90人目は、お金をあげた男でした。

「もっともっと大金持ちになりたいんだ。

まだまだ足りないものがたくさんあるからね」

男の家はものであふれかえっていて、足の踏み場もありませんでした。

「こんなにたくさんものがあるのに、まだ欲しいの？」

「そうさ、あればあるほどいいんだ。

お金があれば、なんでもできるし、手に入らないものなんてないからね」

「でもこんなに散らかっていたら、全然心地よくないじゃないか」

「じゃあもっと大きな家を買って、引っ越しでもするさ」

「その家もいっぱいになったらどうするの？」

男は答えませんでした。

アインソフは、仕方なく男の願いを叶えましたが、この男の願いを叶えてあげることがいいことなのか、わからなくなっていました。

「僕たちはどこから来て、どこへ行くのか知ってますか？」

「俺は、そんなことを考えるよりお金の方が好きさ」

やはり今回もこの男は、アインソフの質問の答えを知りませんでした。

この男は、お金があればなんでもできると言うけれど、お金があっても、わからないことはあるじゃないか、とアインソフは思いました。


91人目は、恋人が欲しいと言った男。

ひとりだけでは飽き足らず、もっとたくさんの恋人が欲しいというのです。

「それは本当の願いなの？

そんなことしたら、恋人は悲しむんじゃないの？」

「そんなこと知ったこっちゃないよ。俺の人生なんだから、俺の勝手だろ」

仕方なくこの男の願いを叶えましたが、アインソフは、この男の願いを叶えてあげることがいいことなのか、わからなくなっていました。

アインソフは、聞きました。

「自分ってなんなのか、わかりますか？」

「自分は自分じゃないか、そんなこと考えてどうなるというんだい？」

そしてやっぱり、今回もこの男はアインソフの質問の答えを知りませんでした。

92人目は、立派になりたいと言った男でした。

街で立派な人になったのに飽き足らず、国の大臣になりたいというのです。

「それは本当の望みなの？

それに、そういうことは、自分で叶えるものではないの？

自分の実力以上のものになってもいいことは何もないんじゃないの？」

「何を言ってるんだ。

子どもにはわからないさ。

権力さえあれば、すべては俺のものだ」

仕方なく叶えましたが、アインソフは、この男が自分の国の大臣になるのは嫌だと思いました。

アインソフは、自分のしていることが正しいことなのか、ますますわからなくなりました。

アインソフは男に尋ねました。

「この宇宙は誰が創ったのかわかりますか？」

「それがわかったら、俺は王様より偉くなれるかね？」

この男も、アインソフの質問の答えは知りませんでした。

93人目は、美しい服が欲しいと言った女でした。

今度は、もっと美しくなるために、アクセサリーがたくさん欲しいと言いました。

「美しさも豪華さも、友人に負けたくないの」

「それは本当の願いなの？

君はもう十分に美しいよ」

「あら、そうかしら？

そうとは思えないわ。

それに私は、あの人たちには負けられないの」

「何がどうなったら負けで、何がどうなったら勝ちなの？」

アインソフは聞きました。

女は答えることができませんでした。

アインソフは仕方なく願いを叶えましたが、この女の願いを叶えてあげることがいいことなのか、わからなくなっていました。

「この美しい宇宙に終わりはあるんだろうか？」

アインソフは聞きました。

「ごめんなさい、そんなことに興味はないわ」

やっぱり、この女もまたアインソフの質問の答えは知りませんでした。


94人目と95人目は、7人目と8人目に出会った男たちで、相変わらず揉めていました。

今回はそこへさらに、96人目の男が加わって3人で揉めていました。

「お前のせいで、めちゃめちゃじゃないか」

「何を言ってるんだ、お前が欲を出すからだろう」

「いや、お前があの時ああ言ったからじゃないか」

怒りはますます大きく複雑になっていました。

仕方なく仲裁しましたが、アインソフは、いくら仲裁したところで、この人たちはまた同じことを繰り返すだろうと思い、自分のしていることが意味のあることなのか、わからなくなっていました。

アインソフは尋ねました。

「僕の本当の居場所を知っていますか？」

「知らないよ。

自分の家が君の居場所じゃないのかい？

早く家に帰りな」

そしてやはり誰も、アインソフの居場所を知りませんでした。


みんな、自分の目の前のことに夢中で、それ以上のことは全く見えていないようでした。

大人たちには、大事なことは何も見えていないんだ。

自分とは何か？

なんのために生きているのか？

宇宙はどうやって始まったのか？

それを知ること以上に大切なことなんてないのに。

もう96人にも聞いているのに、僕の質問に誰も答えてくれない。

ヒントになるようなことを教えてくれる人すらいない。

そしていくら願いを叶えてあげても、誰も幸せになっている様子はない。

大人たちはみんな、自分の本当の願いさえ知らないんだ。

本当の願いさえ知らないのに、それを叶えてどうなるんだろう？

願いを叶えてあげることは、愛ではないようだ。
アインソフはそう思いました。

その日見た夢の中で、アインソフはコクマーになっていました。

そこは、未来のマルクト国のようでした。

未来都市のように、空中に乗り物が浮いていたり、ドローンが自動的に荷物を運んだりしていました。

そこでは、人も建物も、乗り物もサービスも、すべてが有機的につながっていました。

そこは快適な街であり、自然とも調和していました。

アインソフは、その街にいるのではなく、その街をただ見下ろしていました。

自分の身体は見えませんでした。

身体があるのかどうかもわかりませんでした。

似たような夢を何度か見たことがあったのですが、その日は、よりはっきりしていまし

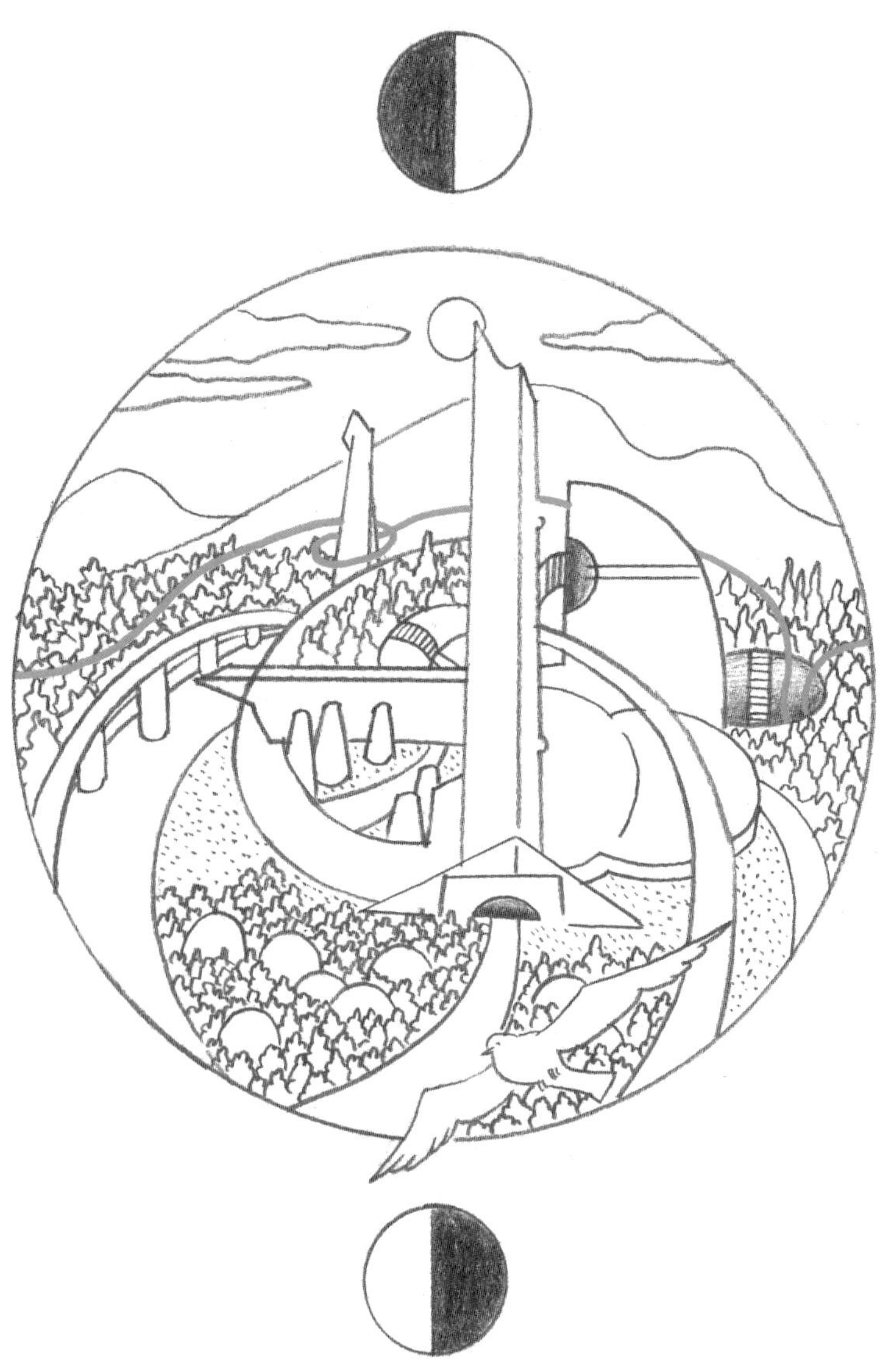

た。

コクマーになったアインソフはすべてを知っていました。

宇宙はどうして始まったのか、自分はどこからきてどこへ行くのか、自分はなんのために生まれてきたのか、本当の自分の姿とは何か。

すべてを思い出していました。

アインソフがいるところは、とても荘厳で美しく平安なところで、そこが自分の居場所のような気がしました。

ずっとここにいたいと思いましたが、同時に、ずっとここにいてはいけないということもアインソフは知っていました。

アインソフは、すべてを知っていたのです。

しかし、目が覚めたら、すべては忘却の彼方へと消え去ってしまいました。

でも、どうしてコクマーさんの声を知っていたのかはわかったような気がしました。

夢の中でしゃべっていた自分の声が、コクマーさんの声だったからです。

コクマーさんは、僕の未来世なんだ。
僕はコクマーさんで、コクマーさんは僕なんだ。
アインソフはそう確信しました。

6

その日、アインソフは疲れていたので、公園で一休みしていました。

今日は誰にも会いたくない、そんな気分でした。

旅を始めた時より、ますますわからなくなっちゃったな。

僕は、コクマーさんのいうとおりにやってきたつもりなのに。

アインソフは、絶望しました。

アインソフの胸に急に不安があふれてきました。

そして、涙が止まらなくなってきました。

「ずっと、質問の答えもわからず、居場所もわからないままなのかもしれない……」

道端に座り込み、あふれる涙を拭うこともせず泣いていると、目の前を白いウサギが通り過ぎました。

そして、白いウサギが通り過ぎたあと、5歳くらいの可愛らしい少女が近づいてきて言いました。


「お兄ちゃん、どうしたの？

私の名前はビナーよ」

97人目に出会ったのが大人ではなくて、アインソフは少しホッとしました。

「お兄ちゃん、泣いているの？」

アインソフは少し恥ずかしくなり、涙を拭いました。

「私ね、お兄ちゃんが悲しい顔をしていると、私まで悲しくなってしまうから、お兄ちゃんのためにできることはない？」

アインソフは言いました。

「お嬢ちゃん、僕はアインソフ。

ありがとう、だけど、僕は人の願いを叶えないといけないのだよ。

そうしないと僕の探している質問の答えは見つからないとセバタルさんに言われたんだ。

だから、お嬢ちゃんの願いを教えてくれるかい？」

「お兄ちゃん、アインソフという名前なの？

私のパパの名前と同じだわ！」

「本当かい？

それはなんだかうれしいな」

アインソフは、少しだけ元気が出ました。

「本当よ、私もうれしいな。

アインソフお兄ちゃん、私の願いは決まったよ！」

「なんだい？

お兄ちゃんはなんでも叶えられる力を持っているんだ。

だからなんでも言ってごらん」

「よく考えてみたけど、お兄ちゃんを笑顔にして幸せにすることが私の願いだよ！」

アインソフは驚きました。

「お嬢ちゃん、僕はお嬢ちゃんの願いを叶えようと思っているのであって、君に僕を幸せにしてもらおうと思っているわけではないのだよ」

女の子は言いました。

「でもね、私の願いはお兄ちゃんを助けて元気になって幸せになってもらうこと！

それが私の願いだよ」

アインソフはびっくりしました。

「なんてことだ、人を助けることが自分の願いだなんて。

今まで、そんな大人には出会ったことがなかったな。

それに、僕もそんなことは考えたことがなかった。

この女の子の願いは、僕が元気に幸せになることなのか」

それならば……とアインソフは幸せになることを考えてみましたが、不安や悲しみの方が勝って幸せになる方法が思い浮かびません。

アインソフは少女ビナーにこう言いました。

「お嬢ちゃん、僕はね、今、途方にくれているんだ。

どうしていいかわからないんだよ。

これまで、96人の願いを叶えてきたけど、誰も、僕の探している質問の答えは知らなかっ

たんだ」

ビナーは言いました。

「お兄ちゃんは、悲しい時、悲しい気持ちを聞いてくれる人がいなかったんだね。

私ね、悲しい時はいつもママが私の頭をなでながら話を聞いてくれるの。

だから私、今、お兄ちゃんの話をたくさん聞くよ。

そうしたらお兄ちゃんは、元気になれるし幸せになれると思う」

アインソフの胸に熱いものが湧き上がり、この小さな女の子に、これまでの旅の経緯を話しました。

ビナーはアインソフの頭をなでながら、

じっと話を聞いていました。

アインソフは、話し終えた時にとても幸せな気持ちになり、女の子に言いました。

「こんなにも幸せで満たされた気持ちになったのは本当に久しぶりだよ。お返しに、お嬢ちゃんのために、僕が何かできることはあるかい？」

小さな女の子は言いました。

「ううん、私の願いはもう叶ったよ。

お兄ちゃんが幸せになった。

お兄ちゃんを助けたいという願いが叶った。

それだけで私はうれしい。

それにね、いつもママがこうして私の話を聞いてくれていたことに、ありがとうが言いたい気持ちになったの。

すごくいい気持ち。

私の話を聞くママもこんな気持ちなんだと思ったら、すごくうれしい気持ちにもなった。

こんな気持ちにさせてくれたお兄ちゃん、ありがとう」

アインソフはまたまた驚き、つぶやきました。

「僕が幸せになるだけで、それがこの女の子の喜びになるのか……」

アインソフは小さな女の子に聞きました。

「なんだか、少し申し訳ない気持ちがするけれど、お嬢ちゃんの願いを叶えられたのならよかったよ」

アインソフは、最後に聞きました。

「ひとつ、聞いていいかな？

お嬢ちゃんは僕の本当の居場所を知っているかい？」

もしかしたら、この子なら知っているかもしれないと思いました。

小さな女の子は横に首を振りながら言いました。

「素直な気持ちを話せるアインソフお兄ちゃん。

私はお兄ちゃんの居場所は知らないけれど、きっと見つかると信じて祈っているわ」

「ありがとう。

お嬢ちゃんが将来大きくなったら、本当に望んでいることを叶えられるように、僕も祈っているよ」

「じゃあ、ママがチーズケーキを焼いて待ってくれているから行くね」

少女とのやりとりの中で、アインソフは、これまでとは違う何かが生まれたのを感じました。

状況は何も変わっていなくても、確実に幸せが増えたのを感じたのです。

これが愛なのかな、と思いましたが、まだ、愛の正体はわかりませんでした。


その日は晴れて雲ひとつない日でした。

少女が去ったあと、アインソフは公園の芝生で寝そべって空を見上げていました。

深い色をした青い空、そよぐ風、その風に揺れる木の葉、木でひと休みする鳥たちのさえずり、道端に咲く花、草や花の匂い。

すべては満たされているのを感じ、アインソフは、心地よく、幸せでした。

幸せを感じることというのは、なんと簡単なことなんだろう。

アインソフはそう思いました。

疲れていた心は癒されました。


僕の質問の答えはまだわからない。

そして、僕の居場所もまだわからない。
愛とは何かもまだわからない。
まあでも、いろんな人に出会えて楽しかったし、今僕は幸せを感じている。
アインソフはそう思いました。
久しぶりに笑みがこぼれていました。

少女と別れてしばらく歩いていると、98人目に出会いました。

黒いサングラスをかけ、ニット帽をかぶったここら辺では珍しい格好をした男でした。

男は若いようにも見え、貫禄があるようにも見え、いったい何歳くらいなのかわかりませんでした。

アインソフは恐る恐る話しかけました。

「こんにちは、僕はアインソフといいます。

願いがあるなら叶えますよ」

サングラスにニット帽の男は、質問には答えずにこう言いました。

「よく来たね、待っていたよ」

アインソフは、この人がなぜ自分を待っていたのかわからず、びっくりしました。

「君が今日ここに来るってわかってたんだ」

アインソフはますますわけがわからなくなりました。

男は、

「すべてはもう、用意されている。

未来はすでに存在するんだ。

僕にはそれが読めるんだよ」

という不思議なことを言いました。

「未来は全部決まっているということ？」

「未来は、今ここに同時に存在する。

でもそれはひとつではなくたくさんあるんだ。

可能性の数だけあるんだよ。

そこからどれを選ぶかは、君の心次第だ」

男は言いました。

その時アインソフは、ギーメルおばさんが以前教えてくれたこんな話を思い出しました。

「この町の東の方に、有名な預言者がいるんだよ。

みんな、その人に自分の運命をみてもらいたいんだ。

だってみんな、自分の人生を自分で決められないからね。

だから、運命を知りたがるんだ。

おかしな話だけど、運命だったら、人はどんなことが起きても仕方ないと受け入れられるんだよ。

だけど、その預言者にみてもらうには、いくらお金があってもダメなんだ。

縁とタイミングが完璧に合わなければ、絶対にみてもらえないんだよ」

ギーメルおばさんは、旦那さんが亡くなって少ししてから、カフェでご飯を食べていたら、その預言者が隣に座って、預言をもらったんだそうだ。

「まもなく事業が成功するだろう、心配することは何もない。

すべてはうまくいっているよ」

って言われたんだって。

それで、数年後にはその通りになってびっくりしたって言ってた。

彼が、その預言者だった。

名前はゲブラーといった。

アインソフはもう一度言いました。
「願いがあるなら叶えますよ。
僕は、出会った人100人の願いを叶えるために旅をしているんです」
「わたしの願いは、君に会うことだったので、もう、それは叶ったよ」
預言者は言いました。
「アインソフ、ここまで98人の人の願いを叶えてきたね？
99人目で運命の出会いがあるだろう」
ゲブラーは本当になんでも知っているようでした。
「運命の出会い？
それはどういうことですか？」
「運命の出会いというのは、出会えばわかるものだよ。
誰しも、特別な縁のある人というのがいる。
それは、過去世から複雑に絡み合った縁だ。
そういう人とは、人生のどこかで必ず出会うようになっている。
出会わなければいけないんだ」

アインソフは、運命や宿命を信じていたので、彼の言うことはわかるような気がしました。

アインソフは最後に聞きました。

「預言者ゲブラーさん、僕の本当の居場所を知っていますか？」

彼も、アインソフの居場所は知らなかったが、

「今から7年後にそれがわかるだろう」

と、預言を残して去って行きました。

おそらく、ゲブラーはその答えを知っているのだけれど、今は教えてはいけないのだと思いました。

なんでもわかったとしても、言ってもいいこととダメなことがあるんだと、アインソフは思いました。

8

しばらく歩くと、あちら側の木の下で、ひとりの美しい女性がさめざめと泣いていました。

アインソフはいつものように声をかけました。

「どうかしましたか?

僕はアインソフ。

何か願いがあるなら叶えさせてください」

女の人は言いました。

「私はティファレト。

私は、私の問いに対する答えが欲しくて、ある日集会所で、神様ダアトに教えてくださいとお願いしたのです。

そうしたら、そこのセバタルさんに、100人の人の願いを叶えるとその人たちの中にあなたの答えを知っている人がいると言われたのですが、もう98人もの人の願いを聞いているのに、私の問いに対する答えを知っている人には出会えないのです」

アインソフは驚きの声をあげました。

「なんだって！

僕も同じなのです！

僕も同じことを言われてちょうどあなたで99人目なのです。

僕もまだ、僕の質問の答えを知っている人には出会えていないのです」

ティファレトはとても驚いた顔をしてアインソフを見つめ、また、すぐにさめざめと泣き始め、言いました。

「そうなのですね……やはり、あなたも見つからないのですね。

このまま続けても見つからないのかもしれない。

そう思うと不安で悲しみがあふれだして、この先に進めそうにないのです。

前に進みたいのに」

アインソフは閃きました。

「そんなに悲しまないで、僕にいいアイデアがある。

2人で願いを叶え合いませんか？

そうすれば、お互いまた前に進める」

ティファアレトは表情に少し明るさを取り戻して言いました。

「そうですね、そうするしかありませんね。

いいわ、アインソフ、あなたの願いから言ってみて」

「僕の願いは、自分の本当の居場所を知りたいということだったのですが、どうやら今の僕の願いは、あなたに幸せになってもらうことのようです。

ティファアレト、あなたの願いは？」

アインソフは、これまでのどんな時より、このティファレトの願いを叶えてあげたいと思いました。

ティファレトは言いました。

「わたしの願いは……。

私は宇宙はどうやって始まったのかを知りたいのです。

そして、私はどこから来て、どこへ帰っていくのかということを。

私という存在はなんなのかということを」


アインソフは困ってしまいました。

これは、アインソフの質問でもあり、アインソフはその答えをまだ持っていなかったからです。

コクマーからもらった力も、この時はどうしたことか消え失せてしまい、この力を使うことはできませんでした。

「ティファレト、僕はこれまで出会ったどんな人よりもあなたの願いを叶えたいと思っているのに、その力を持っていないようだ。

君の願いを叶えてあげられなければ、僕の願いも叶わない。

僕の旅も、君の旅もここで終わりなのだろうか」

アインソフの目にまた涙が浮かびました。

ティファレトの目にも諦めが滲んでいました。

二人は自分たちの無力さを感じましたが、直感ではこの出会いに何か大事なものがあるとわかっていました。

アインソフとティファレトは見つめ合い、自然と抱き合っていました。

そして、お互いをしっかりと確認し合うかのように感じ合いながら、長い夜を過ごしました。


アインソフは、ティファレトを抱きしめながら言いました。

「僕が僕の質問の答えを知り、居場所を見つけたら、必ず君に会いに行くよ。

僕の質問は君の質問であり、僕の願いが叶えば、君の願いも同時に叶うから」

ティファレトは言いました。

「アインソフ、あなたのその言葉だけで私は心から安心してこの先を進めます。

あなたが質問の答えを知り、居場所を見つけた時、私は必ずあなたに会いに行きましょう。

そして、お互いの願いを叶え合いましょう」

朝になり、ふたりはとても名残惜しそうにしながら、それぞれの道を歩き始めました。

アインソフは、ティファアレトに明らかに特別な感情を抱いているのに気づきました。

これが愛なのかな、と思いました。

しかし、こういう特別な感情から、執着や恐れや憎しみや悲しみが生まれるのをアインソフはすでに知っている年齢になっていました。

愛とはなんなのか、アインソフにはまだわかりませんでした。

9

その日、アインソフは１００人目の老人に出会いました。

老人の名は、ケセドといいました。

老人は、一匹の美しい白い猫と一緒に森の中の古い家に住んでいました。

猫の名前はラメドといいました。

アインソフは、自分の質問の答えを知るため、そして、ティファレトの願いを叶えるために、１００人目の老人

に聞きました。
「おじいさん、僕はアインソフといいます。
あなたの願いを叶えたいのです。
そして、もし僕の居場所を知っていたら教えてもらえませんか？」
老人は言いました。
「わしがこの世で叶えたい願いなぞない。
この世界には何もないからの」
アインソフはとても困りました。
世界には何もないという意味もわかりませんでした。
「おじいさん、それでは僕が叶えられることはないことになってしまいます。
集会所でセバタルさんに言われたのです。
１００人の人の願いを叶えると、僕の質問の答えも居場所も見つかると。
おじいさんでちょうど１００人目なのです。
それに、僕が自分の居場所を見つけたら会う約束をしている女性がいるのです。
その女性に会うためにあなたの願いを叶えて僕の居場所を見つけたいのです」

老人はおかしそうに笑いながら言いました。

「なるほどな、アインソフ。

お前はその女性に恋をしておるのじゃな？

若いとは素晴らしいことだ。

でも本当に、この世界で叶えたいことなんてないんじゃよ。

願いを叶えたって、そこに意味も幸せもないからな」

アインソフは、これまで願いを叶えてきた大人たちを思い出しました。

確かに、願いが叶っても幸せそうな人はいませんでした。

「この世界は苦しみであふれておる。

食べなければ生きていけないし、そこには争いもある。

病気になることもあるし、どんな人でも老い、いずれは死が訪れる。

嫌な奴もいれば、愛する人との別れもある。

アインソフよ、どうすれば、その苦しみから逃れられると思うか？

どうすればみんな平穏に幸せになれると思うか？」

それは難しい問いでしたが、アインソフは一生懸命考えました。

「大昔に戻って、すべてを分け合って暮らすことでしょうか？」

「いやいや、大昔にだって争いも飢餓も天災も病気もあった。

生きている限り、常に苦しみはあるんじゃよ」

「確かにその通りですね」

「アインソフよ、目に見えているこの世界が本当の世界だと思うとしたら、そこには平穏はないんじゃ。

そこには、幸せなことも楽しいこともあるかもしれないが、必ず苦しみや死がある。

しかし、この世界は、本当は実在するものではない」

「どういうことですか？」

「アインソフよ、この世界の秘密を知るのだ。

それがこの世界から脱出する方法であり、苦しみから逃れる唯一の方法だ」

「世界の秘密？」

アインソフは混乱しました。

「わしは、すでにこの世界の秘密を知って、この世界から脱出したのだ。

だから、この世界での願いはないんじゃよ。

まあ、このまま静かに平和に暮らしていけたらいいとは思っているがのう」

アインソフは困りました。

これでは、アインソフの質問の答えを知ることも、ティファレトの願いを叶えることもできそうにありません。

そんなアインソフの姿を見かねて、ケセドは言いました。

「アインソフ、わしの願いが知りたいかい？」

「はい、知りたいです」

「わしの願いはの。

わしは、新しい美しい宇宙を創りたいんじゃ。

そうして宇宙が次々と生み出され拡大し

ていくこと、それが未来永劫続くことを願うよ。

そしてそれをお前が手伝ってくれること。

これがわしの願いじゃ」

アインソフはますます混乱しました。

宇宙を創ると言われても、壮大すぎてなんのことかわかりませんでした。


しかしアインソフは、この老人がアインソフとティファレトの質問の答えを知っているのではないかと直感しました。

「おじいさん、おじいさんはもしかして、宇宙のはじまりの秘密を知っているんですか？」

「おお、よくわかったな。

わしは、七回の人生をかけてずっとこのことを探求してきたんじゃ。

それを知るために、何度も生まれ変わったんじゃよ。

人間だけじゃなく、違う生き物にも生まれ変わったこともあるぞ。

だから、知っておるよ」

「それを教えてはくれませんか？」

「いいだろう。

ただし、もしそれを聞いて理解したなら、それをできる限りたくさんの人に伝えてほしい。

この人生だけでなく、生まれ変わってもそうしてほしいのだ。

約束してくれるかな？」

「はい、約束します」

アインソフは、なぜだかわからないけど、ここに、自分の探していたすべての答えがあるとわかりました。

同時に、ティファレトの願いも叶えてあげられることに、胸が高鳴りました。

アインソフはしばらく老人ケセドと一緒に暮らすことにしました。

ある日、ケセドは言いました。

その日は雨で、アインソフとケセドは、家の中で本を読んだり、ラメドと遊んだりして過ごしていました。

「アインソフ。

この猫はわしと一緒に暮らしてもう10年になる。

わしにとってのこの猫とお前にとってのこの猫は同じかな？」

「僕はラメドのことが大好きですが、おじいさんは、僕よりもっとラメドのことが好きでしょうね。

僕の中にあるラメドとの思い出より、おじいさんの中のラメドとの思い出の方が多いでしょうね」

「そうじゃな、その通りだ。

今、お前の中にいるラメドと、わしの中にいるラメドは明らかに違うだろう」

アインソフは、なぜケセドがこの話をするのか、あまりよくわかりませんでしたが、確かに、僕の中のラメドと、おじいさんの中のラメドは違うんだということはわかりました。

そう言われたら、ラメドは二匹存在するような気がしてきました。

目に見えているものはひとつだけど、僕の中のラメドとおじいさんの中のラメド、心の中には複数存在するんだ。

アインソフは驚きました。

「自分がどう思うかによって、創り上げるものは違うんじゃ。

全部、自分の心次第なんじゃ」

確かにそうかもしれないと思いました。

「ラメドなんて固定されたひとつのものはないんじゃ。

ラメドのことを全く知らない人にとっては、このネコはラメドじゃない。

だって、名前を知らないんだから。

それにラメドは白い猫ですらないんじゃ」

「どういうことですか？」

「たとえば、ここに宇宙人がやってきたとしよう。

その宇宙人の住む星には、白い色というのがなかったとする。

だとしたら、ラメドは何色なんだい？」

「その人にとっては、ラメドは白色ではないですね」

「またもうひとつ別の星、そこには猫がいなかったとしよう。

そうしたら、その人にとってはラメドは猫ですらない」

アインソフは、確かにそうだと思いました。

「白い猫のラメドなんてどこにもいない」

「そう、その通りじゃよ、アインソフ。

ラメドはどこにもいないんじゃ。

でも、それぞれの心の中に、それぞれの形でちゃんと存在するんじゃよ」

アインソフは、ケセドが以前、「この世界には何もない」と言ったことを思い出しました。

そして、その意味が少しだけわかった気がしました。
「アインソフ、お前も同じだよ。
お前もどこにもいないんだ。
でも、お前を認識する人の数だけ、その人の心の中にお前がいる。
お前はどこにもいない、けれど、無数のお前が同時に存在するんじゃよ」
アインソフは不思議な感覚に陥りました。

僕は僕だと思ってずっと生きてきたのに、僕という確固とした存在なんてないなんて。
でも、確かに、僕のことを知っている人の数だけ僕がいる。
僕の中にも僕がいる。
その僕はみんなバラバラで、僕というひとつの決められた存在はいない。
僕はいないけど、無数にいる。

アインソフは、頭がおかしくなりそうでした。
その時、アインソフは小さかった頃から母さんが何度も自分にしてくれた話を思い出し

ました。

「アインソフ、お前の名前は、無であり無限という意味なのよ。お前が生まれた時、セバタルさんがつけてくれた名前なの。その時セバタルさんが、『この子は、この世界を脱出してその本当の姿を知り、真実にたどり着くだろう』って予言してくれたのよ」

アインソフは、何度もこの話を聞かされたのです。


真実ってなんだろう？

世界の本当の姿ってなんだろう？

アインソフにはまだわかりませんでしたが、世界は、僕がこれまで思っていたようなものではないのかもしれない、そんな気がし始めていました。

11

その日、アインソフはケセドと一緒に庭で畑仕事をしていました。

ちょうど、きゅうりの収穫の時期で、とても暑い日でした。

頭上には、太陽がギラギラと輝いていました。

「アインソフよ、この世に存在するものはあるか？」

ケセドは以前、この世界には何もないと言っていたけど、アインソフにはまだよくわかりませんでした。

ケセドは続けて言いました。

「アインソフ、あの太陽が見えるか？」

「見えます」

「あれはなんじゃ？」

「太陽です」

「あの太陽は、今存在するのかい？」

アインソフはわかりませんでした。

「太陽は、ここからずっと遠いところにある。

あそこから光が届いて、おまえが今その目で認識しておるんじゃ。

われわれが見ているものは太陽そのものではない。

光によって伝えられた情報なんじゃ。

つまり、今見えている太陽は過去の太陽だ」

そこまではアインソフも理解できました。

「わしらの目に見えているあの太陽は、だいたい8分くらい前の姿なのだ」

「確かにそうですね」

「太陽だけじゃない、見えているものはみんな、少し前の姿だ。

ほんの少しじゃけどな」

「その通りです」

「つまり、見えているものは、みーんな過去なんじゃ」

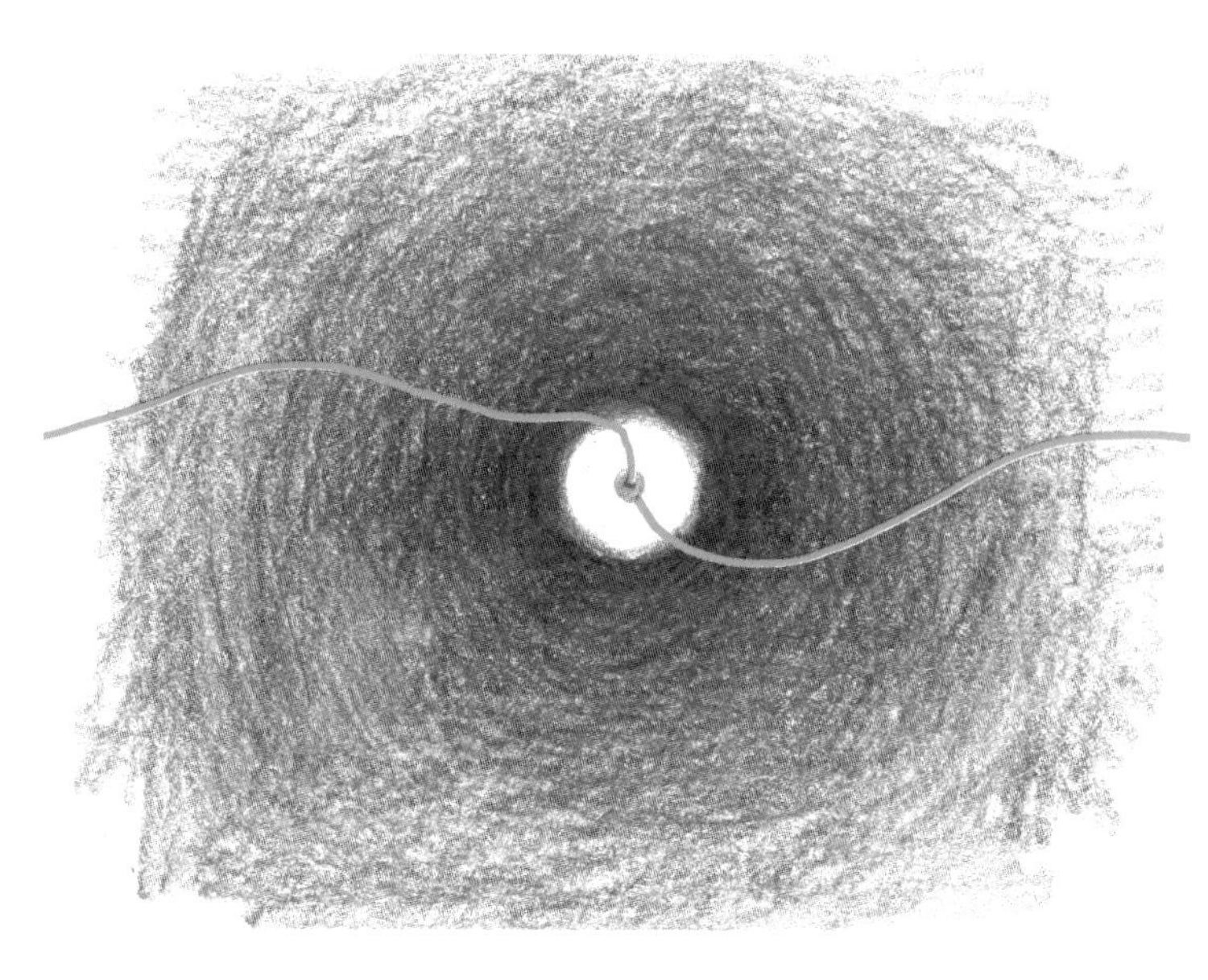

「みんな過去？
過ぎ去ったもの？
それは過去の写真や映像と同じようなものということですか？」
アインソフは、急に、目の前のすべてが造られた偽物のように感じました。
「そうじゃ。
じゃあ、今には何があるのかの？」
「今？」
アインソフは、今に意識を向けてみました。
すると、不思議なことが起こりました。
そこには……そこには、何もなかったのです。
「もしかして、今には、何もないのです

か？」


「そうじゃ、その通りじゃ。

飲み込みが早くなってきたの。

今ここにあるものなど何もないんじゃよ。

このきゅうりもそうじゃし、わしの身体も、お前の身体だってそうじゃ」


「全部、過ぎ去ったもので、実在するわけではないということですか？」


「そういうことだな。

そこには実体はない」


見えているものは全部過去だということはアインソフにとって衝撃でしたが、納得せざるをえませんでした。

本当の本当に、今、ここには何もないのか……。

目の前にいるケセドさえも。

そして、自分の身体でさえも。

12

またある日、２人でキッチンを掃除していた時、ケセドが長く使っていたコップが割れました。

それは、ケセドが自分で土を練って、形を作って、自分で色をつけて焼き上げたものでした。

「これは、婆さんと一緒に作ったんだよ。

でも婆さんは、５年前に、わしより先にあの世に行ってしまったんだ」

「それは寂しいですね」

「いやいや、寂しくはないよ。

婆さんは死んだわけじゃないからな」

アインソフは戸惑いました。

ケセドは、壊れたコップを片付けながら言いました。

「このコップは、そもそも砂だったんだ」

「そうですね」

「このコップは、砂なのか？

それともコップなのか？」

「うーん、両方ですね」

「そうじゃろ。

これはコップであったし、砂だった」

「このコップをもっと粉々にして砂にして、空中に撒いたらどうなる？」

「消えて見えなくなりますね」

「そうだ、見えなくなる。

でもそれは無くなったのか？

消えたのか？

死んだのか？」

「いえ、見えないだけで、無くなったとも消えたとも死んだとも言えないですね」

「そうだろう、婆さんもそれと同じだよ。見えないだけなんじゃ。死んではいないんだよ」

アインソフはなんとなくわかった気がしました。

「アインソフ、この世界にあるものすべてを、細かく細かく粒子になるまで砕いていったらどうなると思う？」

「そうしたら、すべては混ざり合ってしまいますね。

そして、すべては見えなくなってしまう」

「そう、そうだろう。

そうなったら、お前の身体も、お前の意識も、わしの身体も、わしの意識も、すべて混ざり合うじゃろう。

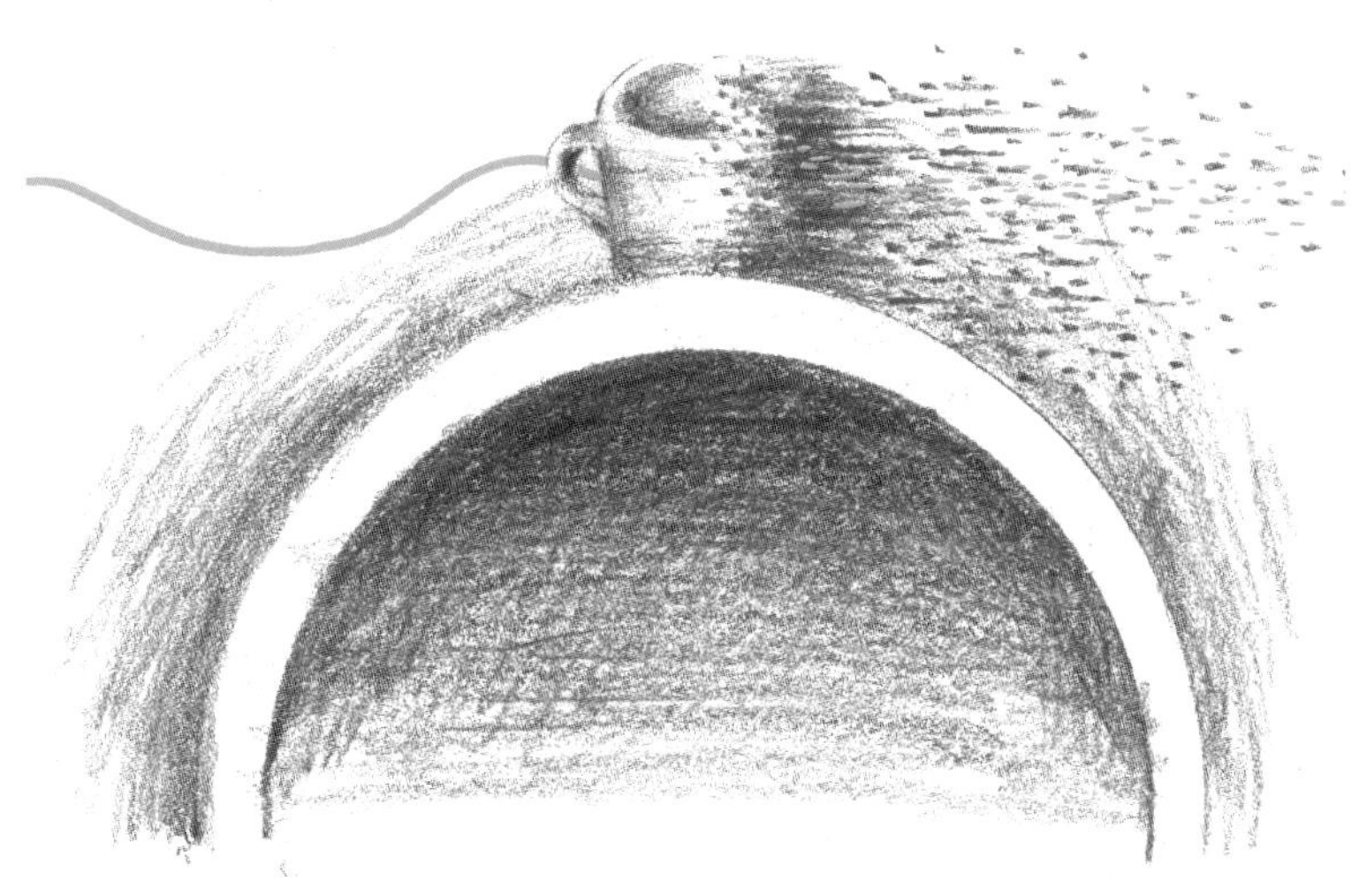

わしとお前だけじゃなくて、ラメドも、庭の木も、この家も、この割れたコップも、何もかも、全部一緒になってしまう」

アインソフはその様子を想像しました。

この世界にあるすべてのものも人も動物も植物も何もかも、細かい細かい粒子になって、混ざり合う様子を。

それはひとつであり、そこにはそれしかなく、目に見えるものは何もありませんでした。

そして、そこでは何も起こっていませんでした。

でもそこには、すべてがありました。

すべての可能性がそこにあったのです。

「混ざり合って……何も見えない……そこには何もないけど、すべてがある？」

「そう、そうじゃアインソフ。

それが、この世界の本当の姿なのだ。

初めも終わりもなく、そして何も起こっていない」

「何も起こっていない？

人間たちはみんな、食べたり、仕事したり、人と仲良くなったり争ったりして忙しいのに？」
「そうしたければするがいい。
しかし、本当は何も起こってない。
ただ夢を見ているようなものじゃよ」
「夢？」
「そうじゃ、この世は夢だ。
だから何事も、深刻になる必要はないんだよ。
悔いのないよう、好きに生きればいいんじゃ。
誰がどうしようと、結局何も起こっていないんだからな」
アインソフの世界に対する見方は変わっていきました。
アインソフは、少しずつ、この世界の本当の姿がわかりかけてきました。

13

ある秋の日、落ち葉を掃除していると、ケセドはこんな話を始めました。

「わしは昔、絵本を描いたんじゃ。

『逃げた虎はどこへ行った?』という話だ」

「それは、どんなお話なんですか?」

「ある日、小さな男の子が飼っていた虎が逃げてしまって、村中みんなで探したが、どこにも見つからなかった。

それから何十年かして、成長した男が、街の動物園でその虎に再会するんじゃ。

不思議なことに、その虎は年をとっておらず、子どもの時に一緒に時間を過ごした虎のままで、その虎は、時空を超えてその男に会いに来た、という話なんだがな。

それが大ヒットしてな。

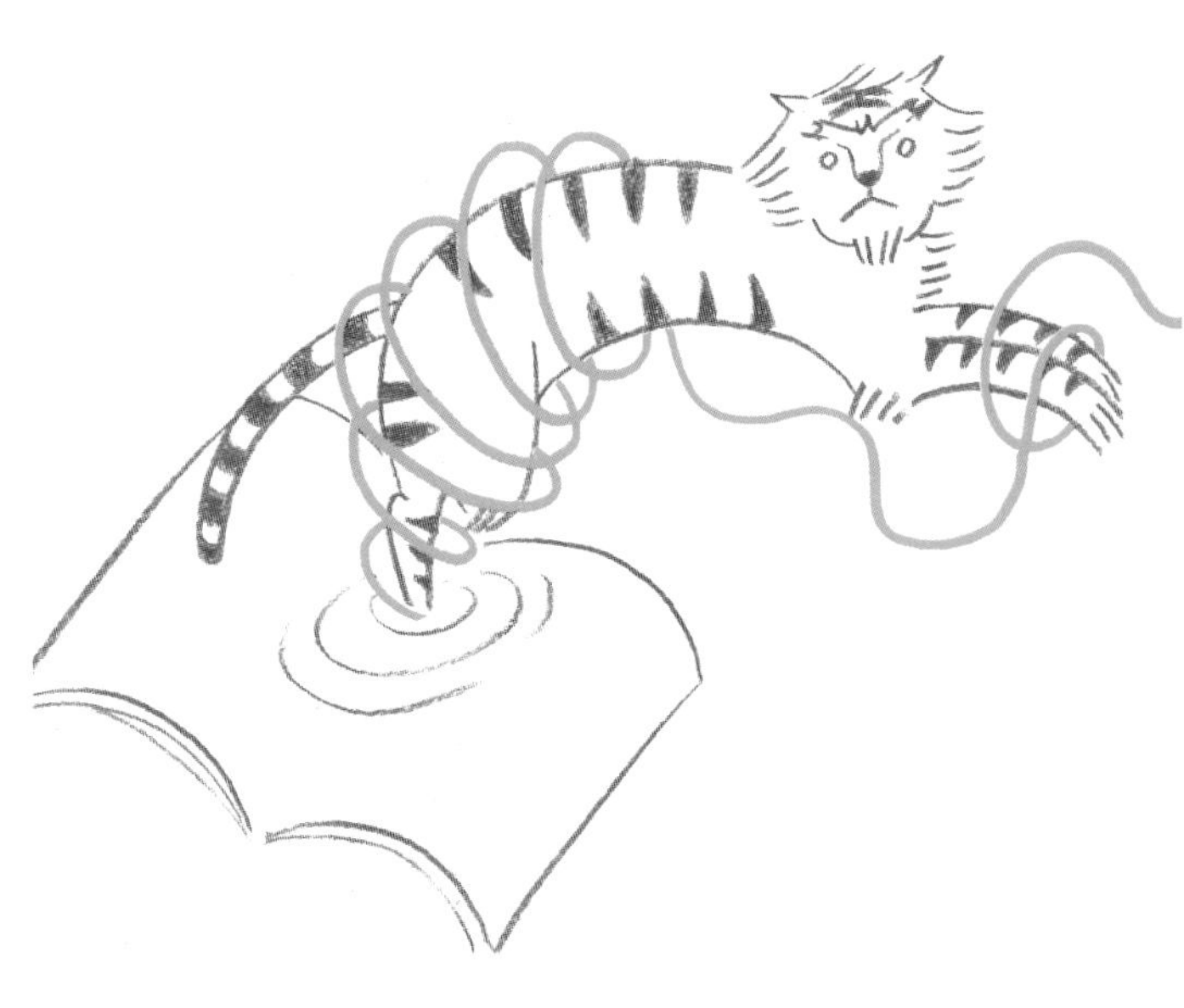

世界中の言語に訳されて、どこの国でも売っておったよ。

今でも売れているらしい。

だからわしは、こんな山奥で静かに暮らせるんじゃよ」

アインソフは、ケセドにそんな過去があったことにびっくりしました。

もしかしたら、母さんが子どもの頃読んでくれた絵本の中に、それがあったかもしれないと思いました。

「お前も、気が向いたら何か物語を書いてみるといい」

アインソフは、自分には物語を書くことは難しそうだな、と思いましたが、僕が書くとしたらどんな物語をつくるだろう、と考えてみました。

　ケセドは言いました。

「物語には、どんな人でも登場させることができるじゃろ？　善人でも悪人でも、王様でも家来でも、男でも女でも、そして男でも女でもないものでも、０歳の赤ちゃんでも５００歳の長生きでも、人間以外の未知の生物だって登場させることができる」

「そうですね。未知の世界の未知の生物の話も面白そうです」

「そう、どんな人でも、どんな話でもつくれるんじゃ。

　これは、すごいことだと思わんか？

　なんでそんなことができるかわかるか？」

　アインソフは、そんなことを考えてもみたことがなかったので、わかりませんでした。

「わかりません」

　アインソフが答えると、ケセドは言いました。

「それはな、お前の中にすべてはあるからなんじゃよ」

　アインソフは、確かに、もし自分が物語をつくるとしたら、その物語は、最初からすべて自分の中にあると思いました。

「お前の中に全部ある。

善も悪も、光も闇も、真実も嘘も、満足も不服も、豊かさも貧しさも、喜びも悲しみも、教師も教え子も、全部お前の中にあるんじゃ。

だから、お前はすべてを創ることができる。

それは、神と同じ創造力なんじゃよ」

そう言われると、アインソフは、なんだか自分がすごい存在のような気がしました。

ケセドは続けました。

「絵本を描いてからもいろいろあった。

婆さんと結婚したのも、婆さんが新聞社の記者で、わしの絵本を取材に来てくれたからなんじゃ」

「それは素敵な話ですね」

「あれから、もう50年以上か……長かったような気がするが、あっという間じゃった。

しかしアインソフよ、本当は時間なんかないんじゃよ」

「どういうことですか？」

「わしの人生も長かったようだけど、記憶の中では一瞬じゃろ？

記憶の中にわしの人生は全部あるが、それはパソコンの中のデータみたいなものだ。

再生したら時間がかかるけれど、データとして存在するぶんには、時間なんてないだろう。

お前の過去も、お前の中に存在するが、それには時間なんてないだろう。

すべてはお前の中にただあるだけだろう。

全部同じようにな。

心の中の方が本当の世界で、こちら側はただそれが再生されている世界だとしたら、本当は時間なんてないと思わんか？」

アインソフは、今までの人生の時間を思いましたが、それは長いのか、短いのか、あるのか、ないのか、よくわからなくなってきました。

そして確かに、自分の中の記憶は、全部同時に存在していて、そこに時間なんてないのでした。

「わしの描いた絵本は、アニメにもなってな。

アニメとして放送される時は、それには時間が必要だった。

しかし絵本として存在する物語には時間はないじゃろ。

絵本の中に、その物語は全部あるんだからな」

物語には時間が必要なようで、それは、一瞬の中にすべて詰まっているとも言えるな、とアインソフは不思議な気持ちになりました。

二人の食事は、たいていアインソフが作っていたのですが、その日は、ケセドがオムライスを作ってくれました。

アインソフはオムライスが大好きで、ケセドはオムライスを作るのが得意だったので、メニューがオムライスの時は、ケセドが作ってくれるのでした。

その日も、ほかほかでおいしいオムライスが出来上がりました。

「アインソフよ、お前は本当においしそうな顔をして食べるな」

「だって大好きですから」

「しかし、お前はなんでそんなにオムライスが好きなんじゃ？」

「おいしいからです」

「なんでオムライスをおいしいと感じるんじゃ？

マッシュポテトよりオムライスをおいしいと思うのはどうしてだ?」

「マッシュポテトもおいしいですが、オムライスはもっとおいしいですね。

でも、どうしてかと言われると、おいしいからとしか言えないな」

「小さい頃から好きだったのか?」

「そうです、母さんに毎日オムライスを作ってと言って困らせたそうです」

「ではお前は、最初からオムライスが好きだったんだな。

そこには理由はなく、お前が選んだわけでもなく」

「いいえ、僕がオムライスを好きだと選んでいるんですよ」

「しかし、お前は、生まれた時からオムライスが好きじゃったんだろう？　オムライス以外を、オムライスより好きにはなれないんだろう？　お前は、マッシュポテトをオムライスと同じように好きになることはできないんだろう？」

「できませんね」

「ほら、選んでないじゃないか」

アインソフはわからなくなりました。

自分がオムライスを選んで好きなのだと思っていましたが、それはただ、自分に備わっている性質のようでした。

「確かに……僕は好きなものを選べない。好きだから好きなのであって、そして、最初からそうなのであって、そこには理由はないのだから」

「わしがオムライスを作るのが得意なのも、わしが選んだわけじゃなくて、得意だから得意なんじゃ」

「もしかして、何も、自分で選んでいるものなんてないということですか？」

「お前には、そもそも備わっているものがあるということだ。
お前がオムライスを好きなのは、そういう設定だからなんじゃ。
この世界に生まれてくる時は、みんな設定がある。
どこに生まれるか、誰の元に生まれるか、そして、どんな性質や能力を持っているか、
そうしたことは決まっておって選べないんじゃ。
それを宿命と呼ぶこともあるな。
それは、逃れられない。
出会うべき人には必ず出会うし、起こるべきことは起こる。
そんな風に、すべては縁によって動いているんじゃ」
「じゃあ、僕にできることは何もないんですか？」
「そうではないぞ。
この世界は、お前の心の中だからな。
ただ、お前の心が反映してできておる。
起こることは変えられなくても、それをどう受け止めるかはお前が決められるんじゃ。
お前がどう思うかによって、この世界は楽しくも辛くもどうとでも変化する。

それを、運命というんだよ。

そうやって運命は自分でつくっていけるんじゃ」


アインソフは、預言者ゲブラーが言っていた、

「未来は、今ここに同時に存在する。

でもそれはひとつではなくたくさんあるんだ。

可能性の数だけあるんだよ。

そこからどれを選ぶかは、君の心次第だよ」

という言葉を思い出しました。


ケセドは、続けました。

「幸せも不幸も、全部、お前次第じゃ」

アインソフは、少女ビナーに出会った時に、状況は何も変わっていなくても自分の中に幸せが増えたのを思い出しました。

確かに、幸せは自分次第だったのでした。

「ただ人生の流れを受け入れるんじゃ。

人生は、常にお前をちゃんと導いてくれておるからな。

その流れを信頼するんじゃ。

お前は、アインソフというひとりの人間というだけでなく、その流れそのものなんじゃよ。

すべてはお前だからな。

オムライスが好きなら、オムライスを思いっきり味わえばいい。

やりたいことがあるなら、やればいい。

行きたいところがあるなら、行けばいい。

無駄な抵抗はしないことじゃ。

そうすれば、わしのように素晴らしく恵まれた人生を笑って生きられるぞ」

ケセドは冗談っぽく言いました。

「この仕組みに気づかないまま、人間は何度も何度も死んでは生まれ変わっておるんじゃ。

自分が人間だと思っていたら、ずっと人間をやることになるからな。

そして、自分の望みを果たすために設定をつくって、この世界に生まれてくる。

そうやって輪廻の輪を回り続けるんじゃ」
アインソフは、自分はどのくらい生まれ変わったのだろうと思いました。
「しかしな、この永遠の輪廻の輪から抜ける方法が一つだけあるんじゃ」
「それは、どんな方法ですか？」
「この世界から脱出するということだよ。
つまり、この世界は夢だと見抜くということだ。
そして、自分というのはひとりの人間ではなく、すべてだとさとることだよ。
この夢の中にいながら、精神をそこから抜け出させるのだ。
そうすれば、お前の精神はゼロに戻る。
お前自身が、世界を生み出す側になる。
それが、創造の源になる方法じゃ」

その日は、星がきれいに輝く日でした。

ふたりは、庭に出て星を眺めていました。

「アインソフよ、宇宙に行ってみたいと思わんかね？」

「もちろん、行ってみたいです。

子どもの頃から、ずっと宇宙には何があるのか知りたかったたし、宇宙はどうやって生まれたのか知りたいと思っていました」

「アインソフよ、お前はもう、この星、ダヴには、本当は何もないということをわかっておるじゃろう。

ここは、心から映し出された仮想世界だということを。

そしてお前の身体はその中を生きる仮の姿なんだということを」

「はい、それはわかってきました」

「宇宙も同じじゃ」

「同じとは？」

「宇宙には、ダヴみたいな仮想世界がたくさんあるんじゃ。

それこそ無限にな。

その中には、お前とそっくりな人間もいるかもしれないぞ」

「僕とそっくりな人間？」

「そうじゃ。

それだけじゃなく、卵から生まれる生命、足が何本もある生命、人間の形をしていない生命、この星では考えられないような生命たちが無限にいる」

アインソフは、いつか見た宇宙戦争の映画を思い出しました。確かに、そこにはさまざまな形をした生命が描かれていました。

「原始的な星もあれば、ダヴより科学の進んだ星もある。

科学の進んだ星では、瞬時に別の場所に移動することも可能なんじゃ」

「子どもの時に見たアニメの世界のようですね」

「ダヴでも、そのうちみんな、物質を量子状態にして、別の場所で再生するというようなことができるようになるだろう。

お前の身体でさえもな」

「そりゃすごいですね」

「そうしたら、別の星にだって行けるさ。

だから、科学の進んだ星から、すでにダヴに来ている存在というのもいるんじゃよ」

アインソフは、ダヴでも時々宇宙人が目撃されたというニュースが流れるのを思い出しました。

「アインソフよ、自由に宇宙旅行ができるようになったらどうなると思う？

宇宙のどこにでも住むことができるようになったらどうなると思う？」

「そうなったら、誰もこの地球の土地に縛られたり、執着することはなくなるでしょうね」

「それに、もし、何もないところからお金や物質が生み出せるようになったら、どうなると思う？」

「そうしたら、誰も、お金やものを奪い合ったりしないでしょうね」

「そうじゃそうじゃ。

この星の人間は、土地やものやお金の奪い合いで争いばかり起こしておる。

そうした時代はもうすぐ終わるんじゃよ」

アインソフは、そんな時代が早く来たらいいと思いました。

「そういう時代になるために、僕たちにできることはあるんですか？」

「それはな、ひとりでも多くの人が、世界の秘密を知って、世界から脱出することなんだ。

だから、アインソフ、お前がその秘密を知ったなら、それをひとりでも多くの人に伝えてほしいんじゃ。

それが、わしの唯一の願いじゃよ」

「わかりました。僕にできることは、なんでもやります」

16

その日は雪の降る寒い日でした。

アインソフとケセドは、家の中で暖炉に火をつけ、夕食のあとの時間をゆっくりと過ごしていました。

ケセドの家のリビングには、古くてどっしりとした茶色の皮のソファが置かれていて、そこに体を沈めるのがアインソフは好きでした。

ケセドが言いました。

「アインソフよ、目を閉じてみなさい」

アインソフは言われた通りに目を閉じました。

ケセドは何も言いませんでした。

アインソフは、ずっと目を閉じていました。

長いような短いような沈黙が流れたあと、ケセドが言いました。

「そこには何がある？」

アインソフは、そこには何もないと思いました。

「何も……何もありません」

「いや、何かあるじゃろう。

当たり前にありすぎて気づかないけど、必ずそこにあるものじゃ」

「当たり前にあるもの？」

「そう、片時も離れたことなんてないもの。

起きていても寝ていても、生きていても死んでいてもそこにあるもの」

「僕の……心？」

「そう、そうじゃ。目を閉じても、確かにそこにあるじゃろう」

「はい、あります」

「アインソフよ、目に見えているものはすべて映像のようなものだ。実体ではないのだ」

アインソフはすでにそのことを理解していました。

僕の膝の上にいるラメドだって、僕の中にはいるけど、ラメドという猫はいないんだから。

僕がラメドだからラメドだと思うだけで、それは何でもないんだから。

「はい、確かにそうですね」

「では、目を閉じた時、そこにあるものが実体ではないかね？」

アインソフは、本当に今ここにあるものは自分の心しかないのだと、この時実感しました。

「そして、そこにはすべてがあるじゃろう。

お前の心の中では、どんなことでも創ることができるじゃろう。

お前の中に、宇宙だって創ることができる」

確かに、アインソフはどんなことでも心の中で生み出すことができました。

「それがすべてじゃ。

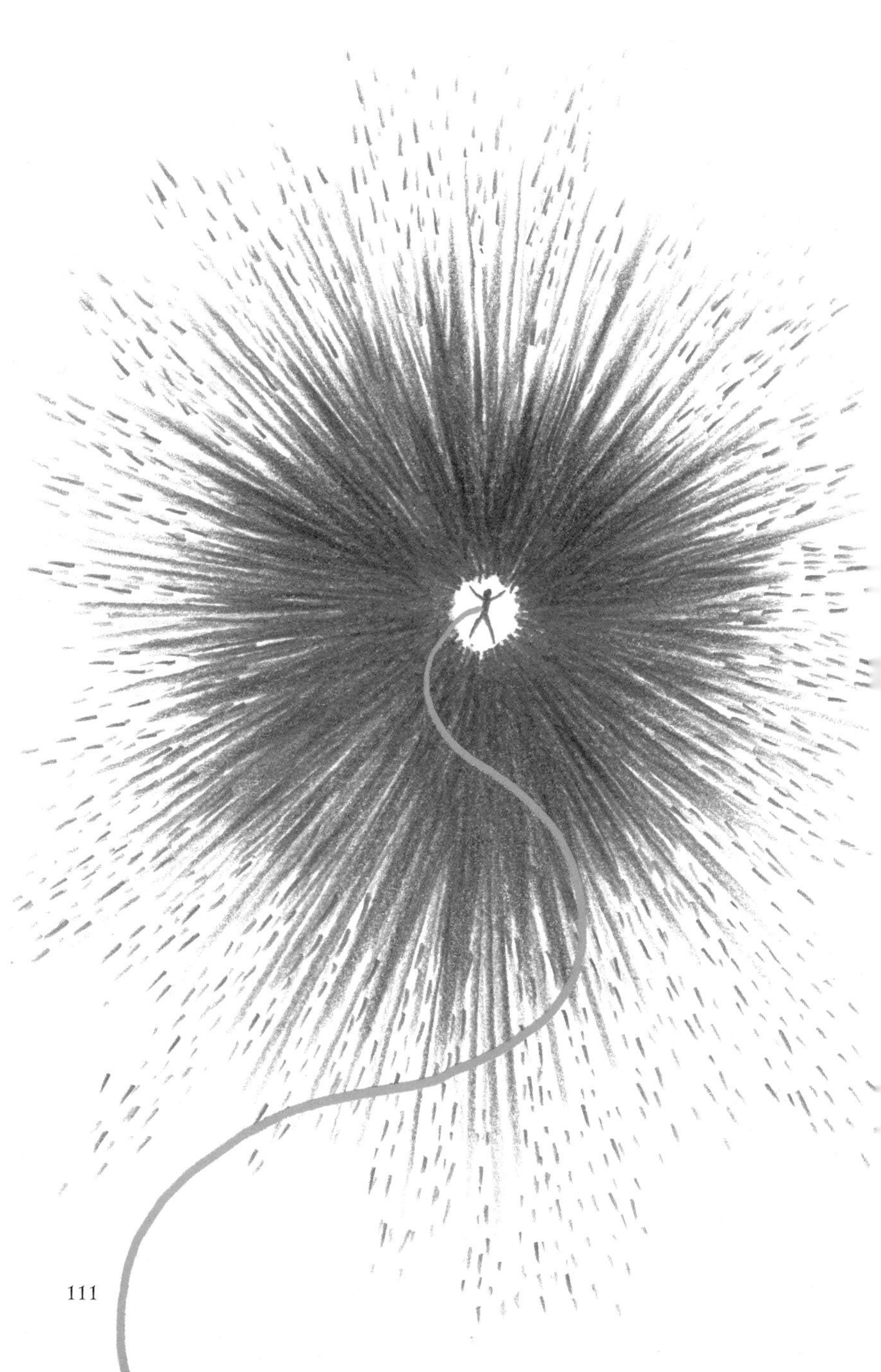

それしかないのだ。
そしてそれがお前の本当の姿でもある。
お前はすべてなのだ」
アインソフは、だんだんと自分とは何かということもわかってきました。
「よいか、この宇宙には本当は何もない。
真空なのだ。
しかし、その何もない真空の中にすべてがあるのだ。
それが、この宇宙の全貌であり、そして、それが本当のお前の姿だ」

僕が、この宇宙すべて……。

17

その日、アインソフとケセドは、近くの山に登っていました。

そこは、ケセドとアインソフのお気に入りの場所でした。

山の頂上からは、街の全貌を見下ろすことができるのですが、その日は霧がかかっていて、街の様子はほとんど見えませんでした。

そこには、白いラッパみたいな花や赤くて細い髭みたいな花が咲き誇っていました。

いつ行ってもきれいに咲いているので、そこにだけ季節がないかのようでした。

その場所で、ふたりはその日の昼食をとっていました。

そのとき、ケセドはアインソフにこう言いました。

「アインソフよ、どうして今ここで、お前はわしに会い、こんな話を聞いていると思う？」

その時アインソフは、預言者ゲブラーの言っていた縁の話を思い出しました。

「おじいさんと僕には縁があるからですか？」

「その通りじゃ。

お前は、過去世でわしに会っておるんだ。

その時のお前の名前は、テットといった。

わしの名前は、ヨッドといった。

その時の国の名前は、ヘットといって、隣の国と領土争いばかりしている国だった」

アインソフに、その記憶はもちろんありませんでしたが、なぜか、ケセドの言うことは本当のことなのだ、ということだけはわかりました。

「その時わしは、集会所でセバタルをしておったんじゃ。

お前は、わしのいた集会所に入ってきた新人セバタルだった。

お前は、なかなかの遊び人でもあってな。

ストラの勉強をサボって、女の子と遊んでばかりおったんじゃ」

前世のこととはいえ、アインソフはちょっと恥ずかしくなりました。

「しかしある時、遊び飽きたのか、ちゃんと勉強したいと言い出しての。

わしはお前に、わしの知っていることはすべて教えたんじゃ」

アインソフは、ちょっとホッとしました。

「その時、わしとお前は約束したんだ。

もう一度未来で会って、そこで、この世界の秘密を話そうと。

お前はわしに誓った。

わしにもう一度出会い、世界の秘密を知ると」

その時、急に霧がはれて、光が差し込みました。

ケセドとアインソフが座っていた場所から、すべてを見渡すことができました。

トラックで荷物を運ぶ男性、買い物へ行く女性、学校へ行く子どもたち、食事をとる老人たち、病気を治すヒーラーたち、物を売る青年、うれしそうな人、幸せそうな人、忙しそうな人、苦しそうな人、悲しそうな人、自分の運命を知る人、知らない人……。

映画のように、すべてが映し出されました。

それはまるで、ケセドがこの世界を創ったかのようでした。


その時、アインソフは、すべてを思い出したのです。

ケセドに会い、世界の秘密をもう一度知るために僕は生まれ変わったんだと。

「思い出したようだな。

お前はまたわしに出会うために、この星、この国を選んで生まれ変わってきたんじゃよ。

過去世でそう約束したからな」

「そう、そうでした。

僕はすべてを思い出しました」

だから僕は、生まれた時からずっと、宇宙の始まりを知りたい、自分を知りたい、自分の居場所を知りたいと思っていたんだ。

アインソフは、心から納得しました。

18

「アインソフ、これがわしがお前に教えることのできる最後のことだ。今から言うことをよく聞いてほしい。」

いつも穏やかで柔和なケセドでしたが、アインソフは、この日はケセドがいつになく真剣なのを感じとりました。

「アインソフよ、お前はお前自身がこの宇宙すべてだということはもうわかっておるな。しかし、どうしてこの宇宙は生まれたのか知っているか？」

アインソフは、いよいよだと思って緊張しました。

いよいよ、僕の知りたいことでもあり、ティファレトの願いである宇宙の始まりについて、知る時が来たと思いました。

「お前が、過去世でわしと出会ったという話は覚えておるかな？」

「もちろん覚えています」

「その時、お前はわしに誓った」

「未来でもう一度出会おうと」

アインソフは言いました。

「そう、そうじゃ。

そこで世界の秘密をもっと知りたい、自分とは何かをもっと知りたいとお前は願ったんじゃ」

「はい」

「そのエネルギーじゃ。

その願い、その意思、そのエネルギーこそが、この宇宙を創っているおおもとなのだ」

「意思のエネルギー？

つまり、僕がこの宇宙を創っているということですか？」

「そう、その通りだ。」

お前の意思がすべてを創っているんじゃ。

お前は生まれ変わってこの世界の秘密を知ろうと思った。

それには、この星、それを教えてくれる人、つまりわしじゃな、そして、わしと過ごすための時間と空間、それに言葉が必要だった。

お前は、それらすべてを創造したのだ。

すべては、お前が創っている夢の中の世界なのだ」


これが……宇宙の始まりの秘密なのか。

アインソフは、あまりの出来事に呆然と立ち尽くしました。


「それから、お前は、このことを他の人にも教えようと思った」

「それはなぜですか？」

「それだけが、この世界の一切の苦しみから救われる方法だからだ。

この世界が実在だと思う限り、どんな境遇に生まれたとしても、そこには苦しみがある。

いくら恵まれた環境に生まれても、老いない人も肉体が果てない人もいないからな。

世界の秘密を知り、そこから脱出することだけが、本当の平安を得る方法なのだよ」

「この世界は自分自身が創造した夢だと知ること、それしかないということですか？」

「そうじゃ。

もし、お前が寝ている時に夢を見ていて、その時これは夢だとわかったらどうする？」

「夢なんだったら、何も怖くないから、行きたいところに行ったり、やりたいことをやったりしますね。

それに死ぬこともないから、死を恐れることもない」

「そうじゃろう。

この世が夢だとわかれば、すべての苦しみも恐れもなくなるんじゃ」

アインソフは、心も身体も自由になるのを感じました。

「過去世でお前はすでにこのことをわかりかけていた。

だからお前は、これを他の人に教えようと思ったのだ。

そうすることでしか、人は救われないからな」

「そうすることでしか救われない……」

「それがお前の愛なんじゃ」

「世界の本当の姿を伝えていくことが愛……？」

アインソフは、この時初めて愛についての納得のいく説明を聞いたと思いました。

世界の秘密を教え、世界から脱出させ、人々をすべての苦しみや恐れから救うこと。

それこそが愛。

アインソフは、やっと、愛とは何かにたどり着いたと思いました。

「ケセドおじいさん、僕は今初めて、愛とは何かがわかったような気がします」

「それは素晴らしいことじゃの。

そう、お前は愛をもって、このことを他の人に伝えようと思ったんじゃ。

それを広めるには、まだ世界の秘密を知らない人たちが必要だ。

みんな知ってたら、広めることはできないからな。

そうしてお前は、まだ世界の秘密を知らない人たちをも創り出したんじゃ」

「本当にすべては自分が創り出したものなのですね」

「そうじゃ。

そして、その秘密を知らない人たちが秘密を知ったとき、また、誰かに広めようという意思を持つ。

そうやって宇宙は次々と生まれて拡大していくんじゃ。

だから、永遠に続くんじゃ。

宇宙は永遠じゃ。

そしてお前も、永遠に在り続ける。

始まりも終わりもなく、永遠なのだ」


「僕は始まりも終わりもない永遠……」


「それを神とか仏とか言う人もおる。

しかし、それはお前自身じゃ。

すべての人が未来に行き着くところは、その神とか仏じゃ。

だからみんな、神とか仏の過去世を生きておる。

すべての人はいずれ、同じひとつのものに行き着くんじゃよ」

アインソフは、すべての人が永遠となった様子を思い浮かべようとしましたが、それは全く形にならないものでした。

「そのひとつのもの、それこそ、愛の源じゃ。

愛そのものだ。

みんな、その愛の源へ還りたいのだ。

人間は、人間同士でくっつきたがるが、それは、その愛へ還るということの擬似的な行為だからだ。

しかし、人間同士の交流だけでは、人は決して満たされない。

それは、自分自身の本当の姿ではないからの。

本当の自分を思い出さない限り、愛にはたどり着けないということだ」

「僕自身が、愛で、それは宇宙であり、すべてであり、神であり、仏であり、そして無であり無限だということですか？」

「その通りだ、アインソフ。

そしてお前は、ただお前自身を知りたかったんじゃ。

自分を認識するためには、自分の分身を創り、自分以外のものを創らなくてはいけなかった。

もしお前しかいなければ、認識するものも、認識されるものも存在しないからな。

そうして、お前とお前以外のものが生まれたんじゃ。

そうしたら、そのふたつのものの間に、時間が生まれた。

認識するためには空間も必要じゃった。

そうやって、この時間と空間を作ったんじゃ」


アインソフは、自分の身体が光に貫かれたように感じました。

アインソフは、本当にすべてを思い出したのです。

無であり無限である自分自身の本当の姿を。


「ストラに書き記されている宇宙の始まりの秘密はこれじゃ。

ストラが書かれたのは三千年前。

この秘密は、もう三千年も前から明かされておるんじゃ。

いや、三千年より前にも別の書物があり、その秘密は始まりも終わりもなく脈々と受け継がれている。

しかし、ほとんどの人はストラに何が書いてあるのか興味がないし、読もうとしても読めない人がほとんどじゃ。

過去世からの長い長い積み重ねで、真実を探究してきた人だけがたどり着けるのだ。お前は今そこに、たどり着いたんじゃよ」

19

ケセドは、アインソフに自分の知っていることを何もかも教えてくれました。

気がつけば7年が経っていました。

アインソフは、預言者ゲブラーに、7年後に自分の質問の答えがわかると言われたことを思い出しました。

この時、アインソフは、ティファレトの問いである「宇宙のはじまり」について、完全に理解していました。

そして、自分の問いである自分の居場所についても、もう知っていました。

アインソフは、始まりも終わりもない何もない世界に、最初から最後まで永遠にいたのです。

アインソフの精神は最初からそこにいて、一度もそこを離れたことなんてなかったということを、ただ思い出したのでした。

ケセドは最後にアインソフに言いました。

「アインソフ、わしはもうお前に必要な知恵も知識も全部授けた。お前はもう、助け主になる準備が整ったのじゃ」

「助け主?」

その言葉はどこかで聞いたことがあると、アインソフは思いました。それはすべての始まりであるあの日、コクマーさんが集会所で話していた言葉だということを思い出しました。

「世界の秘密を知り、世界を脱出したものは、助け主になるのじゃ」

ケセドは言いました。

あの時は、助け主なんてどこかの偉い聖人のことで、自分に関係があるとは思いませんでした。

けれども、アインソフは今、助け主の意味を理解していました。

それは世界の秘密を知って伝える人のことであり、そうすることこそが愛なのだと。

「アインソフよ、ここまでの道のりを引き返し、これまで会った人にこのことを伝えながら、集会所に戻るのじゃ。

よいか、この話は、話しただけで理解する人もいる。

しかし大半は、全く興味も示さないか、聞きたがらないかじゃ。

中には、妨害しようとする人もいるかもしれない。

でも何が起こっても大丈夫じゃ。

お前は守られておるからの」

「わかりました。

ケセドおじいさん、ありがとう。

おじいさんに出会えたことを本当に感謝します」

アインソフは、これまでに感じたことがないほど満たされた気持ちで、ケセドの家を後にしました。

20

アインソフは、ケセドに言われたように、これまで願いを叶えてきた人に、宇宙の始まりの秘密、この世界の秘密、自分の本当の姿を伝えながら、集会所へと戻って行きました。

その中には、その話を興味深く聞いてくれた人もいれば、まったく関心を示さない人もいましたが、アインソフはそれでいいと思っていました。

ただ2人、ビナーとティファレトには出会えませんでした。

「ビナーに会えなかった。

あの子のおかげで、あの時元気になることができたのに。

そして、ティファレトに一番に伝えたいことなのに、出会えないとは……」

アインソフは、集会所までたどり着きました。

それは、春の暖かな日で、集会所の周りには、黄色や紫の花が咲き乱れていました。

美しい花たちを横目に、少し残念な気持ちで集会所の扉を開けると、そこにひとりの女性が祈りを捧げる姿が見えました。

その時、扉を開ける音に気づき、振り向いた女性にアインソフは驚きの声をあげました。

「ティファアレト！」

「アインソフ、来てくれたのですね」

ティファアレトは言いました。

「愛を持ったアインソフ、あなたにまた会えるなんて夢のよう……」

アインソフはティファアレトに駆け寄り、強く抱きしめました。

「私、あれから１００人目で預言者に会ったわ。

その預言者に、７年間宇宙のはじまりについて考えて、最後にここへ来れば、君の願いは叶うだろう、と言われたのよ」

「ティファアレト、僕は君の願いを叶えられる力をすでに身につけたよ。

宇宙のはじまりについて、僕は知っているんだ。

それを一番伝えたいのは、君だよ」

アインソフは、ケセドのもとで学んだ宇宙のはじまりについて話し、ティファレトは、すべてを理解しました。

「私は、すべてを思い出しました。あなたにまた会おうと過去世で決めて生まれ変わってきたことも、今思い出したわ。ありがとう、アインソフ。私の願いを叶えてくれて。これほど満たされた気持ちになったことはありません」

二人は再び抱き合いました。

「私、預言者に言われたことがもう一つあるわ」

ティファレトは言いました。

「もしかして、それは、ニット帽をかぶっ

てサングラスをした、ゲブラーという名前の預言者かい？」

「そう、その人よ」

「僕もその人に出会ったよ。

その時なんと言われたの？」

「あなたは本を書くだろうと言われたわ。

その本は、世界中の言語に翻訳されて、世界中で読まれるようになると」

「それはすごいね」

「だから、私はあなたの物語を書き記すわ。

あなたの旅の物語と、宇宙の始まりの秘密、世界の秘密を解き明かす物語よ」

「それは素敵な物語だ」

「この物語を『アインソフの物語』と名付けるのよ。

未来に生まれ変わったあなたが、この

本を見つけて、もう一度すべてを思い出せるように。

それから、この本を読んだすべての人が、自分自身の本当の姿を思い出すことができるように」

21

そこへ、コクマーが現れました。

若かった彼も、随分と年をとっていました。

「ティファレト、君はようやく自分の問いの答えにたどり着いたようだね。アインソフ、君はどうかな？」

この時アインソフはすでに、物事を正しく見る目を持ち、正しく思考し、正しい言葉を発し、正しい行いをし、正しい生き方をし、正しい学びに邁進し、正しい気づきを得ていました。

「僕は、僕自身で自分の居場所を知ることができたようです。

それから、わかりました。

僕は最初から僕の居場所にいて、一度もそこから外れたことなんてなかったということを」

コクマーは言いました。

「おお、よくその答えにたどり着いたね。

やはり君は、預言された子どもだったようだね」

「預言された子ども……。

その話は母さんから聞いたことがあります。

でもどうしてコクマーさんが知っているんですか？」

「僕が18歳のとき、父に言われたんだ。

『隣の国で、世界の秘密を知るひとりの子が生まれる。

名をアインソフという。

その子どもを導くのだ、それがお前の今世の使命だ』と。

だから僕はその時から、マルクト語を勉強し始めたんだ。

そして、君に会うためにこの国にやってきたんだよ」

「そうだったのですね」

アインソフは、初めて会って名前を告げた時、コクマーが驚いた様子だったのはなぜなのか、やっとわかりました。

コクマーは続けました。

「これからは、君が助け主になるんだ。

助け主は、すべての人の心の中にいる。

でも、その助け主を見つけ出して、本当の助け主になることのできる人はとても少ないんだ。

君には、それができるよ。

だからこそ君は、預言された子どもなのだ。

もう君は、子どもではないけれどね」

「はい、僕はもう、助け主とは何かを理解しています」

「アインソフよ。

君はこのあと6回転生して、そのたびに生まれた世界で、このことを伝えるんだ。

それこそが、叡智の拡大なのだ。

それがこの宇宙の正義であり、進化であり、善であり、慈悲であり、愛なのだよ」

「わかりました、コクマーさん。

僕は今、すべてを理解しました。

この叡智を、生まれ変わっても伝えていくことを誓います」

「アインソフよ、君は今、素晴らしい誓いを立てた。

君は何度も生まれ変わりながら、自分自身も学びを深め、それを多くの人に伝えていくだろう。

次の次の人生では、僕を経験することになるよ。

そして最後には、君は、アインソフ・オウル、つまり〈無限の光〉となるであろう」

その瞬間、アインソフは、アインソフ・オウルとなる未来、無限の光となる未来につながりました。

その後、アインソフとティファレトは結婚し、一緒に暮らし始めました。

アインソフはケセドとコクマーと約束した通り、宇宙のはじまりについて、世界の秘密について、そして自分の本当の姿について、人々に教え伝える活動をしていきました。

ティファレトはそれを書き記しました。

しばらくして、女の子が生まれました。

名前は、ついに会えなかったあの少女の名前からとってビナーと名付けました。

女の子は、大きくなるにつれて、どこかあの時の少女に似てきました。


ビナーが生まれて5年ほどたったある日のこと。

アインソフとビナーが、ティファレトが焼いたチーズケーキを食べている時でした。

ビナーが語り始めました。

「ママ……さっきね、家の前の道を散歩してたら、白うさぎさんに会ったの。白うさぎさんについていったらね、公園に出たんだ。

今まで行ったことのない公園だったんだけど、あんな公園、いつできたのかな？

そしたらそこにね、パパにそっくりでパパと同じ名前で、でももっと若いお兄ちゃんがね、とても悲しそうに泣いていたの。

私、パパが泣いているみたいでとても悲しくなってきたの。

泣かないで元気になってと言って、お話を聞いてあげたの。

ママがいつも私にしてくれるみたいに、頭をなでながら、ずっとお話を聞いてくれるママの真似をしたんだよ。

そしたらね、パパによく似たお兄ちゃんは、幸せな気持ちになれたから何かお返しができないかって言ってくれたのだけど、私はね、お兄ちゃんが元気になってくれただけでうれしかったんだ」

アインソフは驚きました。

そしてとても愛おしそうにビナーを見つめました。

アインソフが言いました。

「ビナー、そのお兄さんは、きっとパパだよ。

あの時の小さな女の子は君だったんだね。

集会所への帰り道に出会えなかったと思ったら、こんなところで再会するとは。

改めてお礼を言うよ、ビナー、ありがとう。

パパは君のおかげで元気になれたし、そのあとも旅を続けることができて、ママに会えたんだよ」

ビナーはキョトンとして言いました。

「パパに似てたけど、違う人だよ。

なんでパパがお礼を言うの？」

ティファレトが言いました。

「ビナー、いいのよ。

パパに言わせてあげて。

ビナーがそのお兄さんに親切にしたことでママも幸せになることができたの。

ママにも言わせて。

本当にありがとう」
ますます、ビナーはキョトンとした顔をして言いました。
「ママが私にしてくれたことを真似しただけだよ。
だから、私がママにありがとうなんだよ」
ティファレトはビナーを抱き寄せました。
そしてアインソフはふたりを強く抱きしめました。
「ふたりともありがとう。
今、僕は、僕と出会ってくれたすべての人にありがとうと伝えたい。
そして、それはみんな僕自身だったと理解している。
自分の居場所さえ知らなかった僕がこ

こまで成長できたのも、みんなのおかげだよ」

アインソフは、これからも永遠に続いていく、無であり無限の光である自分という存在を思い、この上ない平安を感じました。

あとがき

この物語の始まりは２０２０年の初め、コロナ禍が始まる少し前のことです。

友人である立川ルリ子さんより、「夢の中に、アインソフという男の子が１００人の人の願いを叶えていくという物語が降りてきたのだけど、私は書けないから、亜美衣さん、書いてくれないかしら？」と、言われたのです。

今から遡ること3、4年前だったと思いますが、私はある人に（この物語に出てくる預言者のような人です）、「男の子が冒険するような物語、真理の物語を書いて、それがたくさんの人に読まれるようになるよ」と言われたことがあったので、このお話を聞いた時に、「ああ、このことか」と思い、ルリ子さんのお話を受けて、この物語を書こうとその場ですぐに決めたのでした。

私はこの物語を書くことになっていたし、この物語は私に書かれることになっていたのです。

その時点では、この物語は、アインソフが１００人の人の願いを叶えてハッピーエンド、というお話だったのですが、実際、私が書き始めると、物語は予想もしていなかった展開を見せ始めました。

この物語を書いている間、私自身にも大きな気づきと変化が訪れ続け、それまで思ってもいなかったような世界に誘われましたし、アインソフも成長し続けました。

この物語は、架空の星の架空の国の架空の少年の架空の物語ですが、しかしこれは、あなた自身の物語なのです。

アインソフは、始まりも終わりもない永遠の旅を続けるあなた自身なのです。

このお話の原案をもたらしてくださった立川ルリ子さん、一冊の本という形にしてくださった株式会社ナチュラルスピリットの高山史帆さん、編集を担当してくださった株式会社クリエイターズ・ジャパンの高橋涼さん、この物語の世界観にぴったりなイラストを描いてくださった竹中りんごさん、そして、この物語を紡ぎ出すのに多大なインスピレーションを与えてくださった小宮光二先生に感謝いたします。

また、この物語を読んでくださったすべての方に感謝いたします。

ひとりでも多くの人が、自分自身の本当の姿を思い出せますように、私もいつも祈っています。

2021年12月　Amy Okudaira　奥平 亜美衣

著者プロフィール

奥平亜美衣（おくだいら・あみい）

Amy Okudaira

1977年兵庫県生まれ。お茶の水女子大学卒。

幼少の頃より、自分の考えていることと現実には関係があると感じていたが、2012年に『サラとソロモン』『引き寄せの法則ーエイブラハムとの対話』との出会いにより、はっきりと自分と世界との関係を思い出す。

2014年より作家。引き寄せの法則に関する著書多数。累計部数85万部。2019年、初の小説および翻訳本上梓。2020年4月、コロナ騒動で自宅に引きこもっている間に、宇宙すべてが自分なのだ、という目覚めがあり、無であり無限である自分の本当の姿を思い出す。

アインソフの物語

宇宙と自分の秘密を解き明かす、
始まりも終わりもない永遠の愛の旅

●

2021年12月30日　初版発行

著者／奥平亜美衣

装幀／松岡史恵（ニジソラ）
カバー・本文イラスト／竹中りんご（おムすび）
編集／高橋 涼
本文デザイン・DTP／鈴木 学

発行者／今井博揮
発行所／株式会社 ナチュラルスピリット
〒101-0051 東京都千代田区神田神保町3-2 高橋ビル2階
TEL 03-6450-5938　FAX 03-6450-5978
info@naturalspirit.co.jp
https://www.naturalspirit.co.jp/

印刷所／中央精版印刷株式会社

ISBN978-4-86451-386-9 C0093

落丁・乱丁の場合はお取り替えいたします。
定価はカバーに表示してあります。